孩子们必读的诺贝尔文学经典

小毛驴与我

【西】J.西梅内斯◎著　微雨◎译

·西梅内斯卷·

北京联合出版公司

图书在版编目（CIP）数据

小毛驴与我 /（西）西梅内斯著；微雨译. -- 北京：
北京联合出版公司，2015.2（2023.2重印）
（孩子们必读的诺贝尔文学经典）
ISBN 978-7-5502-4497-9

Ⅰ. ①小… Ⅱ. ①西… ②微… Ⅲ. ①散文诗－诗集－西班牙－现代 Ⅳ. ①I551.25

中国版本图书馆CIP数据核字（2015）第010907号

小毛驴与我

作　　者：（西）西梅内斯/著；微雨/译
选题策划：王成国　郎爱民
责任编辑：王　巍
封面设计：尚世视觉
版式设计：许　可

北京联合出版公司出版
（北京市西城区德外大街83号楼9层　100088）
福州俊丰彩印有限公司　新华书店经销
字数110千字　650毫米×950毫米　1/16　10.75印张
2015年2月第1版　2023年2月第2次印刷
ISBN 978-7-5502-4497-9
定价：20.00元

未经许可，不得以任何方式复制或抄袭本书部分或全部内容。
版权所有，侵权必究。
本书若有质量问题，请与本公司图书销售中心联系调换。
电话：010-64243832　4006586676

为纪念

住在索尔街

寄给我桑葚和石竹的

可怜的小疯子

阿格狄亚

——希梅内斯

目录
Contents

1. 小毛驴银儿 / 1
2. 白蝴蝶 / 2
3. 黄昏时的游戏 / 3
4. 日食 / 5
5. 寒意 / 7
6. 小学 / 8
7. 疯子 / 10
8. 犹大 / 11
9. 祈祷钟声 / 13
10. 墓地 / 15
11. 刺 / 16
12. 燕子 / 17
13. 厩栏 / 19
14. 阉马 / 20
15. 对街的房子 / 22
16. 笨小孩 / 24
17. 鬼 / 25
18. 嫣红的风景 / 27
19. 鹦鹉 / 28
20. 归来 / 30
21. 屋顶平台 / 32
22. 何塞神父 / 34
23. 春天 / 36
24. 水窖 / 38
25. 癞皮狗 / 40
26. 四月的牧歌 / 41

目录
Contents

27. 金丝雀飞了 / 42
28. 魔鬼 / 43
29. 自由 / 45
30. 恋人 / 47
31. 三个老妇人 / 49
32. 小车 / 51
33. 面包 / 53
34. 可洛那的松树 / 54
35. 达尔朋 / 56
36. 男孩与水 / 58
37. 友情 / 59
38. 摇篮曲 / 60
39. 患肺痨病的小姑娘 / 62
40. 罗西欧圣母的庙会 / 63

41. 隆萨 / 65
42. 老人与西洋镜 / 67
43. 路边的野花 / 69
44. 洛德 / 70
45. 井 / 72
46. 踢 / 73
47. 驴学 / 75
48. 耶稣圣体节 / 76
49. 漫游 / 78
50. 黄昏 / 79
51. 橡皮印章 / 80
52. 狗妈妈 / 82
53. 我们仨 / 83
54. 麻雀 / 84

目录
Contents

55. 夏天 / 86
56. 星期日 / 87
57. 蟋蟀的歌声 / 88
58. 斗牛 / 90
59. 暴风雨 / 92
60. 葡萄收成 / 93
61. 夜曲 / 95
62. 萨里托 / 97
63. 午睡 / 98
64. 焰火 / 99
65. 月亮 / 100
66. 快乐 / 101
67. 野鸭 / 102
68. 小女孩 / 103

69. 牧童 / 104
70. 金丝雀死了 / 106
71. 山丘 / 108
72. 十月的午后 / 110
73. 被遗忘的葡萄 / 111
74. 秋天 / 112
75. 海军大将 / 113
76. 鱼鳞 / 114
77. 毕尼托 / 116
78. 河流 / 118
79. 石榴 / 120
80. 古堡 / 122
81. 斗牛场的废墟 / 124
82. 回声 / 126

目录
Contents

83. 虚惊 / 128
84. 古泉 / 129
85. 松子 / 131
86. 十一月的牧歌 / 133
87. 白母马 / 134
88. 闹洞房 / 136
89. 吉普赛人 / 138
90. 火焰 / 140
91. 老驴子 / 142
92. 养病 / 144
93. 黎明 / 145
94. 河口 / 146
95. 圣诞节 / 148
96. 冬天 / 150
97. 纯洁的夜 / 151
98. 香芹王冠 / 152
99. 三王来朝 / 154
100. 酒 / 156
101. 嘉年华会 / 157
102. 卖沙人的驴子 / 159
103. 死亡 / 160
104. 怀念 / 161
105. 木驴 / 162
106. 忧郁 / 163
107. 给在摩格尔天上的银儿 / 164

1. 小毛驴银儿

银儿个头小小、全身毛茸茸、滑溜溜——摸起来软绵绵的,就像一团棉花,没有半根骨头似的。只有那双黑玉镜般的眼睛,明亮锐利,仿佛两只黑水晶做的甲壳虫。

我松开缰绳,让它去撒欢儿。它走进草地,用鼻子轻抚那些小花儿——粉红、天蓝、金黄的小花儿,它的动作是那么的轻柔,几乎没有碰触到花瓣。我温柔地唤它:"银儿?"它马上朝我快乐地小跑过来,那样子就好像它正"哈哈哈"地笑着,陶醉在自己悦耳的"嗒、嗒"声里。

我给什么它都吃。它喜欢小蜜橘、喜欢所有琥珀色的麝香葡萄,还喜欢带着水晶般蜜珠儿的紫色无花果。

它温柔可亲如小男孩、小女孩,却又强壮牢靠如磐石。星期天我骑着它穿过城郊小巷,那些来自乡间、衣着整洁、举止悠闲的人们,纷纷停下来打量它。

"它真是铁打的呀!"

是的,它是铁打的。不单是铁,还是水银呢!

2. 白蝴蝶

夜色将至，薄雾袅袅，天空如紫色的帷幕。教堂塔楼外绿色、淡紫色的天光朦胧闪烁，流连不去。上坡的道路笼罩在昏暗中，笼罩在风铃草丛中，周围青草草香四溢，路上歌声弥漫，载着游子的疲惫与渴望。突然，一个黑乎乎的家伙，从埋在煤袋中的小破屋中钻出，向我们走来，他头戴便帽，手持剑杖[①]，嘴上叼着雪茄，烟头的红光一明一灭，照得他那张丑陋的脸忽红忽黑。银儿吓得连忙后退。

"看看运了啥东西？"

"您请看吧……是些白色的蝴蝶。"

那人想用他的剑杖戳小篮子，我没有阻止。我打开鞍袋，他没看到任何东西。用于梦想的材料就这样自由简单地通过了关卡，都不用向税务员缴税。

---

① 内藏刀剑的手杖。

3. 黄昏时的游戏

银儿和我踏着黄昏走进村庄,我们浑身僵冷,穿过陋巷的紫色阴影。这条巷子通往干涸的河床,穷孩子们在那里假扮乞丐,玩"互相恐吓"的游戏。一个把麻袋套在头上,另一个说他看不见了,还有一个在演跛子。

然后,他们又突然扮成了别的样子,孩子们就是这样;因为他们有衣服、鞋子穿,而且知道他们的妈妈总能想出法子,找到食物给他们吃,所以他们无忧无虑,以为自己是王子。

"我爸爸有块银表。"

"那我爸爸有匹马。"

"那我爸爸有支猎枪。"

一块黎明就要起床的表,一支杀不死饥饿的猎枪,一匹走向贫穷的马。

接着,他们又围成了一个圈。重重夜色中,有个小女孩用单薄的童音——似黑暗中一缕流动的水晶——如公主般唱起美妙的歌:

"我是奥雷伯爵的小寡妇……"

是的!没错!唱吧,做梦吧,穷人家的孩子们!不久之后，当青春的第一抹红晕浮现在你们脸上时，春天会像一个戴着冬天面具的乞丐，把你们吓坏。

"走吧！银儿。"

4. 日食

我们漫不经心地把手插进口袋,感觉前额有清冷的影子翩翩舞动,恍如走入茂密的松树林。母鸡一只只躲进遮风避雨的鸡窝。四周的绿野暗了下来,好像主祭坛的紫色桌布正在把它覆盖。远处的海闪着白光,几颗星星微微闪烁。屋顶平台的白色就要发生巨变!我们这些登上平台的人互相喊着俏皮话,有的妙,有的糟,在日食短短的静默中,大家显得小小的、黑黑的。

我们观察太阳的工具无所不包:看戏用的望远镜、野外用的双筒望远镜、玻璃瓶子、烟熏黑的玻璃;看太阳的人也到处都是:阳台上、厩栏的台阶上、阁楼上的窗户、天井的格子窗,透过格子窗上蓝色和猩红色的玻璃……

太阳刚才还用千变万化的金色光线,把万物变得两倍、三倍或是一百倍那么硕大美好,现在阳光消失了,少了黄昏这段悠长的过渡时期,天地一时荒凉、灰暗,就好像太阳把黄金换成了白银,又把白银换成了红铜。小镇有如一枚陈旧发霉的铜币,已经一文不值。街道、广场、塔楼、山上的小径,看起来多么凄凉,多么渺小啊!

厩栏里的银儿看起来也不似真的,它变了,变成了一头纸驴;一头不同的驴子……

5. 寒意

一轮硕大无比的圆月跟着我们,月色纯净。沉寂的草地上,隐约可以看到荆棘丛中不知谁家的黑山羊。当我们经过时,有人悄声地躲了起来……篱笆上方有一棵巨大的杏树,一树花瓣与月光似雪,树尖儿上白云缭绕,挡住三月星光射下的利箭,保护小径……浓郁的橘子花香……潮湿、静谧……这是女巫的溪谷……

"银儿,好……好冷啊!"

银儿,不知是因为它自己的恐惧,还是因为我的害怕,突然小跑起来,跑进溪水,把月光踏成了碎片。看起来就好像它的蹄子周围开出了一丛丛透明的水晶玫瑰,想要挽留它奔跑的脚步……

银儿好像有人要抓它似的收紧臀部,一路小跑着上了斜坡,我们才感觉到附近村庄的融融暖意。

6. 小学

银儿，如果你同别的孩子一道上一年级，你也会学会字母表，学会怎么写字。你也会像蜡像里的那头驴子那么聪明，蜡像陪伴头戴人造花冠的海妖，海妖待在玻璃柜中，一片肉色、玫瑰色和金色，在绿色的海水中悠然自得；银儿，你甚至会比巴罗镇上的医生和神父聪明。

可是，尽管你才四岁，却长得这么高大、这么笨拙！该让你坐哪张小凳子？该让你用哪张桌子写字？多大的笔记本和钢笔才够你用？告诉我，围成圆圈唱《信经曲》①时，你该坐在哪里？

不行！多米蒂娜修女，那个身穿拿撒勒教派长袍的修女——紫色长袍上系着黄色腰带，和鱼贩子雷耶斯一样，可能会罚你在长满法国梧桐的天井角落跪上两个小时，或者用她那根长长的干藤条抽你，或者还会吃光你午餐里的橘子奶酪，再不就拿张纸在你的尾巴下烧，把你的耳朵变得通红滚烫，像车匠儿子的

---

① 信经是基督教权威性的基本信仰纲要。在各派间流行最广的有《使徒信经》、《尼西亚信经》和《亚大纳西信经》，三者称普世信经。此外，天主教、东正教和其他一些教派还另有本派的信经。

耳朵快要下雨时的模样。

不，银儿，别去！你还是跟我一起吧！我会教你花儿和星星的知识。它们不会嘲笑你是大块头的笨蛋，也不会把你当成那种名叫驴子的东西，给你戴那种怪帽子，帽子上有两只鲜红、亮蓝双色滚边的大眼睛，就像河里船只上画的那样，还有一对大耳朵，比你的大一倍。

 7. 疯子

　　我身穿丧服,胡子剪成拿撒勒人的模样,头戴窄边帽,骑在银儿柔软的灰背上,看起来一定像一个怪人。

　　去往葡萄园的路上,我们穿过最后几条街,白石灰墙和阳光让街道变得明晃晃,吉普赛孩子在我们身后追着跑,披头散发,晒得油光发亮,在红色、绿色和黄色的破烂衣服间,露出结实的棕色肚皮。他们发出长长的尖叫声:

　　"疯子!疯子!疯子!"

　　绿野已经在我们面前。燃烧着的靛蓝色苍穹,辽阔而又纯净,仰望天空,我勇敢地睁开眼睛——耳边的噪音听起来多么遥远啊!——静静地接受这无边无际的天地间难以名状的寂静、神圣和谐的宁谧。

　　远处山丘上的果园里,还有几缕尖叫声在那里回荡,听上去含糊不清、断断续续、气喘吁吁、挥之不去:

　　"疯——子!疯——子!"

8. 犹大[①]

"别怕,小子!你怎么了?现在过来吧,轻轻地……那不过是在枪毙犹大呀,傻瓜。"

是的,他们正在枪毙犹大。他们在孟都里奥吊了一个;恩美迪奥大街也吊了一个;还吊了一个在市府广场。昨晚在黑暗中,我看不见那根把犹大吊在阳台下的绳索,只看见他们好像被一股超自然的力量托在空中,一动也不动。犹大头上戴着破旧的大礼帽,胳膊上穿着女人的衣服袖子,脸上戴着国务大臣的面具,身上穿着篷裙,在静谧的星光下,看起来真是诡异至极。狗儿朝他们吠叫,踯躅不去,马儿觉得他们十分可疑,不愿从底下经过……

银儿,现在钟声已经敲响,宣告主祭坛上的幕布已被拉开。我认为城里头的每一声枪响都是朝着犹大射击的。火药的味道甚至飘到了这里。一声枪响!又一声枪响!

但是银儿,今天的犹大是议员、老师、律师、税务员、市长、接生婆;在这个复活节前的星期六早晨,每一个人又都变

[①] 作者的故乡西班牙,每年耶稣受难节,人们会把公认的恶人做成假人,标上犹大之名,向其射击。

回了孩子,假借这笼统而又荒谬的春季模仿仪式,用怯生生的枪口朝他们所仇恨的人开枪射击。

9. 祈祷钟声

银儿你看，千万朵玫瑰纷纷飘落：蓝玫瑰、白玫瑰、无色玫瑰……人们还以为天空都溶化成了玫瑰。瞧，玫瑰落满了我的前额、我的肩膀、我的双手……这么多的玫瑰，我该拿来做什么用呢？

这种娇嫩的花儿来自何方？你知道吗？——我一直都不知道呢。每天它都为大地铺上一层温柔的地毯，让大地变成柔柔的粉红色、白色和蓝色……越来越多的玫瑰……仿如弗拉·安吉利科①的画作，他总是跪着描画天空。

人们觉得这些玫瑰是从七重天外的天堂飘向地球的。就像天空下了一场暖和的、有淡淡颜色的雪——玫瑰花落在塔楼上、落在屋顶上、落在树上。看，有了它们的装饰，所有刚硬的线条，都变得柔和纤细。越来越多的玫瑰，越来越多的玫瑰……

银儿，当祈祷钟声响起的时候，我们的生活似乎失去了它日常的动力，另外一种来自内在的力量——更崇高、更纯净、

---

① 译者注：弗拉·安吉利科（1387～1455年），意大利画家，以画天使著称）。

更恒定——就像恩典的喷泉,让一切都飞升,升到星星上,星星现在也开始在玫瑰花中闪烁。越来越多的玫瑰……你的眼睛,你自己看不到,银儿,你温驯地仰望天空的眼睛,就是两朵美丽的玫瑰。

10. 墓地

我亲爱的银儿,如果你比我先死,你不会被差役的马车载着扔往盐沼;也不会被弃于山路边的水沟,像其他可怜的驴子或是没人疼爱的马和狗一样。你也不会被乌鸦啄去身上的肉,剩下一副血淋淋的骨架,像如血残阳下空荡荡的船壳,连坐六点钟的四轮大马车去往圣胡安车站的旅行推销员看了都会觉得丑陋不堪。你更不会僵硬浮肿地躺于壕沟,在蛤蜊中腐烂,吓跑那些抓住松树枝、大胆好奇地俯瞰斜坡深沟的孩子,就是那些在秋天星期日下午出门到松树林里烤松子吃的孩子。

银儿,别烦恼!我会把你埋葬在松园中那棵大而圆的松树下,就是你最喜欢的那棵松树,让你更靠近生命的宁谧与欢乐。小男孩会在那里玩耍,小女孩会坐在你身边的矮椅上做女红。你会听到我因孤独而作的诗句。你会听到橘园中洗衣姑娘的歌声,并绳"嘎嘎"作响的声音,这些都会让你永恒的安息更加欢乐清新。一年到头,都会有红雀、山雀和其他雀鸟在树梢持久的幸福里,在你恬静的睡眠和摩格尔上空永恒不变的蓝色苍穹之间,为你编织一个小巧的音乐屋顶。

 11. 刺

银儿一走进草原就开始一拐一拐的。我从它背上跳下来。

"你怎么啦,伙计?"

银儿稍稍抬高右前腿,让我看它的脚底,虚弱无力的蹄子几乎不敢碰路上灼热的细沙。

毫无疑问,我比老达尔朋——它的医生——更为担忧。我把它的前蹄翻过来,细细地查看它红肿的脚底。一根强壮橘树的绿色长刺扎在它的脚掌中,就像一把小而圆的翡翠匕首。银儿遭受的痛苦让我心尖儿颤颤,我把刺拔出来;领着这只可怜的小动物来到长满黄色鸢尾的小溪,让奔腾的溪水用长而纯净的舌头轻轻舔舐它的小伤口。

随后,我们继续上路,走向白色的海,我在前,它在后,它仍旧一拐一拐地走着,并不时地用头温柔地蹭着我的肩膀。

12. 燕子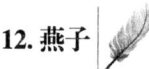

银儿,瞧,它来了,那只活泼可爱的黑色小东西就在她的巢里。她把灰色的巢筑在蒙特马约圣母画像旁,因而从来不会受到骚扰。这只不幸的鸟儿好像吓坏了!我想可怜的燕子这次也弄错了时间,就像上周下午三点钟日食时躲进鸡窝寻求庇护的母鸡一样。今年的春天卖弄风情地早到了,但是她裸露的玉体又耐不住寒风凛冽,不得不再次把自己裹进三月的云床。看到橘园中初出含苞的花蕾在寒风中枯萎,着实令人感伤!

燕子已经飞来了,银儿,但是你几乎听不到它们的私语,完全不若往年那般热闹。以前,它们一到这里,就开始互相寒暄,打探各种事情,用笛声般悠扬的啼鸣叽叽喳喳地闲聊。它们会告诉花儿它们在非洲的见闻,说起两次飞越海洋的经历——以翅当帆在海上落脚,或是在船儿的帆上休憩,说起异乡的无数个日落、无数个黎明、无数个星夜。

现在,它们不知该如何是好。它们无声地四处盘旋,无所适从,就像被孩子践踏了回家道路的蚂蚁一样。它们不敢在新街上排成直线飞上飞下,最后再来一个华丽的翻滚以示谢幕;它们不敢飞进井里的鸟窝,也不敢用经典的邮差姿势,栖息在白色绝缘体旁的电报线上,因为北风把电报线吹得嗡嗡作响。

它们会冻死的,银儿!

13. 厩栏

正午，我去看银儿，晌午澄澈的光线在它银色的背上点燃了一大块漂亮的金斑。那些像下雨般从破旧的屋顶落下的阳光，在它腹下那隐隐发绿的深色地板上，撒下火一样明净的钱币。

原本趴在银儿两腿之间的戴安娜，又舞又跳地来到我的身旁，把两只前掌搁在我的胸口，伸出玫瑰色的舌头想要舔我的嘴儿。那只山羊爬到了食槽的最高处，好奇地看着我，精致的头颅左右转动，明显带着姑娘的娇羞。

在我进来之前，银儿就用一声大叫向我表示欢迎，现在又兴奋得想要挣脱缰绳，瞧那又紧张又快活的样儿。

透过天空，阳光带来了天顶的珍宝——彩虹，有一会儿，瑰丽的光线引领我爬上天空，离开了田园牧歌般的风光。随后，我踏上一块石头，向外面的村庄眺望。

在明亮炙热的阳光中，透过断壁残垣间那一方清澈的蓝色天空，绿色的田野睡意绵绵地飘动，远处传来甜蜜慵懒的钟声。

14. 阉马

它是一匹黑马，黑色中泛着深红色、绿色、蓝色的光泽，所有的颜色都似甲壳虫和乌鸦的背一样带着银光。它年轻的眼睛时不时地闪着明亮的火花，就和马尔盖斯广场上卖栗子的拉莫娜那口晶亮的锅子溅出的火光一样。它来自弗里·塞塔的沙地，当它耀武扬威地踏上新街石砌的路面时，蹄声"嗒嗒"作响，分外悦耳动听！它小巧的头颅和优美的四肢，看起来多么灵敏、多么强健、多么神气啊！

它高傲地穿过地下室的矮门，门外卡斯蒂约的酒窖映着烈日的红光，令人炫目，矮门在这个背景中显得比它还要黑。它步态轻盈，看见什么都要与之嬉戏一番。随后，它跳过松树做成的门槛，一路上在母鸡、鸽子和麻雀的左推右搡中，兴高采烈地冲进绿色的畜栏。那里有四个壮汉在等候，他们毛茸茸的手臂交叉抱在胸前彩色的花衬衣上。他们领它走到胡椒树下。它经过了一番短暂而又艰难的挣扎后——开始温和，后来暴烈——被那几个汉子压到了粪堆上，所有的人都坐在它身上，达尔朋医生开始手术，终结它那悲伤而又魔幻的美丽。

你从未用过的美，必随你一道埋葬，

已经用过的，则活着去执行你的遗嘱。①

莎士比亚写给友人的信中如是说。

温驯、汗湿的小种马，现在是一匹阉马了，悲伤疲倦地躺在那里。只来了一个人便把它拉了起来，为它盖上一块毛毯，牵着它慢慢地沿着街道走下去。

可怜稀薄的云束，昨天还是一道热烈结实的闪电！现在就像一本撕掉了封面的书。它的脚步好像不再踩在地上，一种新的元素介入了马蹄和石头之间，让它的生命失去了意义，在这个猛烈、无瑕、完整的春天的早晨，它就像一棵连根拔起的树或是一段回忆。

---

① 此句来自莎士比亚十四行诗的第四首。

15. 对街的房子

　　银儿，在我小的时候，我家对街的房子总是让我着迷！起先是里维拉大街上水贩子阿雷布拉的小房子，朝南的院子总是被太阳镀着一层金光；我常常爬上砖墙，从那儿眺望韦尔瓦。有时候，家人准许我到那里玩一会儿。阿雷布拉的女儿——当时在我眼中像一个成熟的妇人，那模样就跟现在结婚后一样——会给我橘子吃，还会不断地亲吻我的脸……不久我们搬到新街，后来改名叫卡诺瓦斯街，再后来又变成了胡安·佩雷斯修士街，何塞先生的家就在那儿。他是来自塞维利亚的糖果商，他那金色的小山羊皮靴子看得我眼花缭乱；他家天井的龙舌兰上还挂着蛋壳；他把前门刷成淡黄色，配上海军蓝色的条纹。有时候，何塞先生会来我家，父亲会给他一些钱，他则老是会跟父亲谈橄榄林……从我家阳台，可以看到何塞先生家屋顶上方的那棵胡椒树，树上停满了麻雀。可爱的胡椒树啊，摇过我多少童年的梦想！（事实上，那里有两棵胡椒树，但是我从没把它们搞混过：一棵从我家阳台望去，能看到沐浴在风中或是阳光里的树梢；另一棵可以看到树干，是在何塞先生的院子里。）

在晴朗的午后或是多雨的午休时间，从我们家前门的栅栏间，从我的窗户或是阳台，望着沉寂大街对面的房子，日复一日、时复一时，这中间每一种细微的变化，都让我觉得趣味盎然、心驰神往！

16. 笨小孩

无论我们何时穿过圣荷塞大街回家，笨小孩总是会坐在家门口自己的小椅子上，望着街上来来往往的行人。他是那种永远不会开口说话也不会优雅行事的可怜孩子中的一个；他自己觉得非常快乐，别人看了却觉得伤心；他是他妈妈的无价之宝，但是对于别人来说，却啥都不是。

有一天，一阵邪恶的黑色大风刮过白色的街道，笨小孩不在椅子里。一只鸟儿在空荡荡的门槛上歌唱，我想起了库罗斯[①]，他是一位诗人，更是一位好父亲。当他失去孩子的时候，他向加利西亚的蝴蝶询问孩子的消息：

"金色翅膀的蝴蝶啊……"

现在春天来了，我又想起了那个从圣荷塞大街去往天堂的笨小孩。他一定坐在玫瑰花旁边自己的小椅子上，又一次睁开双眼，在灿烂的金光中观望天堂里得到赐福的人群。

[①] 恩里克斯·马努埃尔·库罗斯（1851~1908年），西班牙著名的加利西亚诗人。

17. 鬼

小胖子安尼亚生机勃勃、活力充沛，她的青春是永不枯竭的快乐之泉，但是，她最大的乐趣是扮鬼。她会用床单把自己裹起来，用面粉把那张漂亮得似百合花儿的脸蛋儿涂白，再在牙齿上插上大蒜瓣，当我们晚饭后坐在小小的客厅里昏昏欲睡的时候，她会突然出现在大理石台阶上，提着一盏点亮的灯笼，悄然无声地缓缓而行，真真让人印象深刻。她穿成那样，看起来就好像她的身体也变成了一件长袍。是的，她的上半身在黑暗中阴森森的，着实教人害怕；然而与此同时，通身的雪白又散发着奇异的丰满肉感，教人迷恋。

银儿，我永不会忘记那个九月的晚上。风暴像一颗狂躁的心脏，疯狂地践踏城镇，整整折腾了一个小时。持续不断的闪电和雷声中，暴雨冰雹倾盆而下。水窖里的水已经满溢，淹没了院子。到最后，那些陪伴我的熟悉物事——九点钟的马车、为亡灵祈祷的钟声、邮递员——也全都离我而去！我浑身颤抖着跑到餐厅找水喝，在闪电绿白色的光芒中，我看见贝拉尔德的桉树——我们称它为妖怪树，就在那晚倒了——低伏在小屋的屋顶上。

突然响起了一阵可怕的"咔嚓"声,像亮瞎人眼睛的强烈光线后的一道阴影,摇撼着房子。当我们终于回过神来,发现大家全都不在原来的位置上,每一个好似都孤孤单单的,对他人没有忧虑和关心。一个抱怨头痛,一个抱怨眼睛看不清,一个抱怨心脏不舒服。慢慢地,我们又回到了原来的位置。

风暴渐渐散去。巨大的云块从顶到底裂开,月光如水倾泻,使得院子里满溢的雨水泛起粼粼白光。我们一一审视院子里的一切。洛德在通往院子的台阶上来回狂窜,疯狂地吠叫着。我们跟了过去,银儿。在夜晚盛开的花儿下,泥土散发出一股令人作呕的臭味,可怜的安尼亚,扮成鬼的模样躺在那里,死了。那只被雷烧焦了的手上,还握着那盏亮着的灯笼。

18. 嫣红的风景

太阳落在山头,被自己的光芒割得遍体鳞伤、鲜血直流。落日的余晖中,松园的轮廓更加鲜明,变成了朦胧的红色;小花儿小草儿通明透亮,在这宁静的时刻,天地间弥漫着潮湿、浓烈、明亮的香气。

我心醉神迷地在暮色来临之前驻足。银儿那双黑色的眼睛映照着落日的嫣红。它柔顺地走到那池深红、玫瑰红和紫红色的水边,将嘴巴轻轻地浸入水镜,镜面似是因它的碰触才变成液体。深红似血的水流冲进它粗大的喉咙。

这本是我熟悉的地方,却被落日改造得陌生、不祥、壮丽。就好像我们在每一个瞬间都会遇到一座废弃的宫殿……夜晚舒展着筋骨来了,暮色触摸到了永恒,变得无垠、平静、玄秘……

"走啦,银儿!"

 19. 鹦鹉

那次我们是在我那位法国医生朋友的果园里，和银儿、鹦鹉一块儿玩耍。这时，一个披头散发的年轻女人从山坡下焦急地朝我们走来。她等不及走到我面前，老远就极其痛苦地看着我，哀声问道：

"先生，那位医生在这儿吗？"

在她身后跟着好几个衣衫褴褛的孩子，一直在喘气，不时地回头看身后的上坡路；最后看到了几个男人，搀着一个面色像死人般苍白的跛足男人。他就是那偷猎者之一，在多妮亚纳野生动物保护区里偷偷猎鹿。他那荒唐的老式猎枪，紧紧拴在草绳上，突然走火，射中了偷猎者自己的胳膊。

我的朋友亲切地接待了受伤的男人，替他除掉原来那些绑在伤口上的破布条，洗净血污，仔细地检查骨头和肌肉。时不时地，他会看我一下，说道：

"不要紧的。"

天光渐暗。从韦尔瓦飘来咸水味、沥青味和鱼腥味……橘子树浓荫如盖，用他们绿如翡翠的天鹅绒树冠挡住落日的玫瑰色光线。那只披红挂绿的鹦鹉在紫绿相间的丁香树丛中走来走

去，小小的圆眼睛好奇地打量着我们。

可怜的偷猎者泪如泉涌，泪水在阳光下闪动；他还不时地咽下一声啜泣。鹦鹉说：

"不要紧的。"

我的朋友给他的伤口包上棉花和绷带。

可怜的人儿痛呼"哎哟！"

鹦鹉在紫丁香花丛中说：

"不要紧的！不要紧的！"

20. 归来

我们俩从林间满载而归：银儿驮满了香甜的马郁草，我满抱着黄色的鸢尾花。

四月的黄昏即将逝去。日落中如金水晶般透明的一切现在全变成了银水晶，也全都似白百合与水晶那样光洁晶莹。接着，巨大的天空从一块透明的蓝宝石变成了一块绿色的翡翠。我莫名地悲伤起来，缓缓而归。

在这个纯净的时刻，一切都庄严崇高。城镇中的塔楼戴着闪光瓦片砌成的皇冠，当我们走近时，它变得越加宏伟壮丽。在很近的距离中，它看起来有如塞维利亚大教堂塔楼①的远景。而我对都市的渴望，总是在春天最为浓烈，看到塔楼，忧思中有了些许慰藉。

回去吧……回到哪儿去？从哪儿出发？为了什么？……但是，随着夜晚的临近，我捧着的那束鸢尾花在温暖新鲜的空气中，香味越发浓郁；突然，花朵散发的香气越渗越深却又越闻越朦胧，花朵已经看不见了，花香却飘出了孤寂的阴影，令肉

---

① 塞维利亚大教堂的钟楼，十二世纪时摩尔式的建筑。

体和灵魂深深陶醉。

"我的灵魂是阴影中的鸢尾花!"我说。

突然,我想起了银儿,虽然我就骑在它身上,但我却把它给忘了,把它当成了自己身体的一部分。

21. 屋顶平台

银儿,你从未登上平坦的屋顶平台,所以,你不知道那上面的情形。在走出黑暗的木楼梯之后,明亮的天光下你会有一种被光线灼伤的错觉;沐浴在一片蔚蓝色之中,你会觉得天空似乎就在你旁边;刷了熟石灰的白色砖墙明晃晃的,会照得你睁不开眼睛——你知道的,把熟石灰涂在屋面的砖墙上,是为了雨水能干干净净地流进水缸——深吸一口气让胸膛胀鼓鼓的感觉,你也无从体会。

站在屋顶平台上是多么快活啊!教堂塔楼的钟声好似就在我们的胸腔里敲响,就在心脏扑扑跳动的那个地方。远远望去,葡萄园里的锄头闪着金色、银色的光芒。在这里,你可以俯瞰一切:别人家的屋顶平台、小小的院子——椅匠、油漆工、桶匠默默地在那里干活;大一点的畜栏那铺满落叶的土地上,养着一头牛或一只山羊;墓地里,我们有时会意外地看到一些无名小卒的黑色送葬仪队,参加葬礼的人们行色匆匆、衣着草率;窗户中,有一个穿着内衣的年轻姑娘在边唱歌边漫不经心地梳头;河流上停靠着一艘好似永远也驶不进来的小船;谷仓里,有的里头坐着一个正在练习小号独奏曲的号手,有的里头被爱情——彻底、盲目、令人费解的爱情——占据。

　　脚底下的房子消失了,好像变成了一个地下室。透过天窗的玻璃往下看,底下的日常生活变得好新奇:说话声、噪音,还有花园,从屋顶平台上看去都好漂亮;而你,银儿,你正在水槽那里饮水,看不见我,或许,你正在和麻雀或乌龟闹着玩呢!

22. 何塞神父

你瞧，银儿，他正骑着驴子冠冕堂皇地走来，一路说着蜜一样甜的虚伪言辞。但是，永远像天使般纯洁的是他的那头母驴——一位真正的淑女。

我确信有一天你曾在他的果园里见过他，他穿着水手裤，头戴阔边帽，正在大声辱骂那些偷他家橘子的小男孩，还朝他们扔石头呢。每逢星期五，你都会看到他的仆人可怜的巴尔塔萨，拖着犯了疝气的病体——看起来就像一个圆球——一路蹒跚着去镇子上兜售他的那些破扫帚，或者和穷人一起去为富人的亡灵祈祷。

我从没听过有谁能骂出比他的话语更脏的污言秽语，也没听过有谁的誓言能像他的一样比天还要高。确实，天地万物、天堂的模样，他都知道，这一点毋庸置疑，至少在五点钟做弥撒的时候他是这么说的。树木、土地、水、风、火焰：这一切都充满上帝的恩典，可是，这些柔软、新鲜、纯净、充满活力的事物，出现在他的口中似乎只为佐证混乱、严酷、寒冷、暴力和腐败。每天临近尾声的时候，他果园里的每一块石头都会换个地方过夜，因为全都被他用来砸鸟儿、洗衣妇、孩子和花朵了,而且他还砸得既暴怒又凶狠。

但是在祈祷的时候,一切都变了,何塞神父的肃穆,连静谧的乡间中都能感觉到。他穿上教士服,披上斗篷,戴上阔边帽,几乎都没有瞥黑暗中的镇子一眼,就骑在缓缓前行的驴子身上走了,活像走向十字架赴死的耶稣。

23. 春天

啊,真辉煌,真芬芳!

啊,草地笑开颜!

啊,晨曲乐陶陶!

(流行民歌)

一天清晨,我还在半梦半醒中,外面就传来类似孩童声音的恶声尖叫,我十分恼怒,最后睡意全无,气急败坏地跳下床,透过打开的窗户眺望田野,这才发现那些"叽叽喳喳"扰人清梦的原来是鸟群。

我来到果园,感谢上帝赐予这湛蓝晴朗的日子。鸟儿娇嫩的喉咙里自发地唱着美妙的歌谣,歌声绵绵不绝。任性的燕子发出悦耳的鸣叫,箭一般地飞入井里;画眉在倒下的橘子树上方吹口哨;火亮的金莺在橡树间喋喋不休地闲聊;山雀在桉树上细声悦耳地笑着;麻雀在那棵大松树上七嘴八舌地争论。

多么美好的早晨啊!太阳向大地播洒金色、银色的欢乐;成千上万只彩色蝴蝶四处纷飞,在花丛中,在房子里,在屋外,在泉水边。健康的新生活在四周的原野上爆裂、绽放、沸腾。

我们仿佛置身于一个漂亮的光之蜂巢,也如同在一朵温暖而光明的巨大的火玫瑰之中。

24. 水窖

你看，银儿，上次下的那几场雨已经把水窖注满了。现在，窖里听不到回声也看不到被阳光照亮的封闭式阳台，水浅的时候，阳台的影子会倒映在水窖深处，透过阳台那黄蓝相间的玻璃屋顶望去，太阳好似一颗光芒璀璨的五彩宝石。

银儿，你从没下过水窖，可我下去过；那是好几年以前，他们排干了水窖里的水之后，我下去过一次。你瞧，它有一条长长的地道，接着是一个小房间。我一进入房间，手里的蜡烛就熄灭了，一条火蜥蜴滑到了我的手上。两股可怕的寒气像两把交叉的剑一样穿过我的胸膛，仿佛骷髅头下面那两根交叉的骨头……银儿，整个镇子都被水窖和地道掏空了。最大的水窖在卡斯蒂约古城广场那边萨尔多·德·洛波家的院子里。但是最好的水窖却数我家的这个，你看，这井栏是用一整块雪花大理石雕成的。教堂水窖的那条地道一直通到彭塔莱斯的葡萄园，出口在原野里，紧挨着小河。没人敢全程走完医院水窖的那条地道，因为永远也走不到尽头。

我想起来了，当我还是一个孩子的时候，无数个漫长的雨夜，我听着圆圆的水柱从平坦的屋顶流到水窖，那呜咽的水声总是让我难以入睡。后来,到了早晨,我们会兴奋地跑到水窖去看水涨得有多高。如果它像今天这样满到了边上,我们会齐声惊叹,会高声尖叫,会觉得万分新奇!

好啦,银儿!现在我将为你打一桶纯净、新鲜的水,一桶比列加斯能一口气就喝完的水。可怜的比列加斯,他的身体已经被过量的白兰地和水果酒烧坏了。

 **25. 癞皮狗**

有时，它会到果园的房子这边来，瘦骨嶙峋、气喘吁吁的。这个可怜的小动物早已习惯人们朝着它叫骂、扔石头，它一直都是东奔西窜，忙于逃命。即便是它的同类——狗，也会朝着它龇牙。它每每在正午的大太阳下走开，缓慢地、悲伤地走下山坡。

那个下午，它跟着戴安娜来了。我走出来的时候，门卫突然暴怒，掏出他的猎枪朝它开枪。我没来得及阻止这件事。可怜的狗，身中一枪，踽踽着狂奔了一会儿，发出了一声绝望凄厉的哀嚎，倒在金合欢树下，死了。

银儿抬起头，直愣愣地盯着那条狗。戴安娜在我俩之间奔来跑去，试图隐藏它的恐惧。那个门卫可能也感到懊悔，他再三地解释——也不知道话是说给谁听的——却怎么也挥不去心中的负疚感。太阳也似蒙上了一层面纱，仿佛在为它哀悼；这片巨大的面纱，就像蒙在被杀的狗那只好眼睛上的一片小小薄膜。正午时分，一种深沉、压抑的静默充塞在天地之间，笼罩着金色的田野，盖住了死狗。桉树在海风中弯低了腰，哭得更大声了。

26. 四月的牧歌

孩子们和银儿一起去往黑色白杨林边的小溪,现在,他们正牵着它一路嬉戏尖叫着小跑回来,满载着黄色的花。在那儿,他们淋了一场雨——一朵转瞬即逝的浮云,用它的金丝银线为绿色的田野罩上了一层薄纱。小笨驴的背全湿透了,它身上湿漉漉的风铃花还在滴水。

啊!多么快乐、清新、柔情蜜意的牧歌!银儿驮着这甜蜜、浸满了雨水的重担,连叫声也变得柔美起来!它不时回头撕扯那些它嘴巴能够得着的花儿。雪白、金黄的风铃花在它绿白色的唾液间盘桓了一下,就被咽进它那系着肚带的小肚子里了。银儿,除了你,还有谁能这样吃鲜花却不会生病的?

这阴晴不定的四月的下午!……无论是下雨还是日出,所有的景致都映在银儿明亮、活力四射的双眼中。西边圣胡安市的田野上空,可以看见纠结的雨丝正从另一片玫瑰色的云彩中飘落。

27. 金丝雀飞了

有一天，那只绿色的金丝雀不知怎么飞出了笼子，我不明原因。它是一只老金丝雀了，因为它联结着我对一位亡友的悲伤记忆，我怕它会冻死、饿死，或者被猫儿抓住，所以从不曾放飞它。

它整个早晨都在果园里的石榴树丛中，在门边的松树林中，在紫丁香花丛中游荡。孩子们也在阳台上坐了整整一个早晨，他们被这只金色的鸟儿迷住了，津津有味地看着它一刻不停地飞来飞去。银儿没系上绳子，它在玫瑰花丛边闲逛，与蝴蝶嬉戏。

午后，金丝雀飞到了大房子的屋顶上，盘旋不去，在温暖的、逐渐消逝的太阳光线中颤抖。突然之间，它已飞回了笼中，快乐如昔，谁都不知道是怎么回事，搞不清究竟。

花园里一片沸腾、喜气洋洋！孩子们拍着小手，跳上跳下，红通通的笑脸有如灿烂的黎明；戴安娜跟在他们后面乱转，和着自己"叮叮当当"作响的小铃铛叫着；受到他们的感染，银儿鼓动了一身银色的肌肉，像一只小山羊那样跳起来，用蹄子笨拙地跳着华尔兹圆舞曲，然后，前腿站立，后腿踢向明亮温暖的空气。

28. 魔鬼

突然之间,一头驴出现在镇边的围墙附近,孤零零的,步履艰难,它的身影在尘土飞扬中看起来更加黑。没多久又冲出来一群气喘吁吁的孩子,他们一手提着遮不住黑色肚皮的破裤子,一手忙着朝它扔葡萄枝和石头……

它又大又老又黑,骨头根根凸出清晰可见——像一位大祭师——仿佛随时会撑破那张光秃秃的驴皮。它张开嘴露出一口蚕豆似的大黄牙,停下来朝着天空愤怒地嘶鸣,好像在他那老朽的外表下藏着无限活力……它是一头迷路的驴子吗?你不认识它吗,银儿?你觉得它想要的是什么呢?这样狂奔乱窜、走走停停,它是从谁那儿逃出来的?

一看到它,银儿的双耳就在头顶竖起,耳尖相碰,像两只圆圆的小号,接着,一只耳朵耷拉下来,另一只还是竖着;它朝我走来,同时又想躲进水沟或是逃跑。黑色的驴子紧挨着银儿走了过去,擦着它的身体,拉扯它身后的鞍架,又朝它嗅嗅,转头朝着女修道院的围墙嘶鸣,最后沿着围墙一路小跑下去。

这一刻就像是在大热天里突然打了一个寒战——是我还是

银儿——一切出现得如此令人困惑,就好像放在太阳面前的一件黑色衣服的低矮阴影,突然罩住了小巷转角处那耀眼的孤独,霎时一片死寂,压抑得令人透不过气。远方的事物一点一滴地把我们带回了现实。走上鱼市广场的街道,可以听到小贩们永不重复的叫卖声;他们刚刚从海边归来,正在夸自己的鱼儿有多好呢:比目鱼、胭脂鱼、鲤鱼、鲱鱼、小龙虾;教堂的钟声响起,宣告晨祷的时间到了;磨刀石霍霍作响……

银儿不时地看我一眼,它仍然在发抖,莫名地恐惧,我俩悄然相对……

"银儿,我觉得那不是真的驴子……"

银儿不声不响地又抖了起来,浑身"簌簌"作响,它恐惧地朝水沟瞥了一眼,那模样阴沉又忧郁……

29. 自由

我那迷失在小径旁花丛中的目光，突然被一只亮丽的小鸟吸引住了，它在潮湿绿地的上空不停地扇动五光十色的翅膀，却总也飞不走。我们慢慢地朝它走近，我在前，银儿在后。附近有一个阴凉的水池，一群狡猾的男孩子在那里设了一个捕鸟的陷阱。那只可怜的小囮鸟①，拼命地拍动翅膀往上飞，不由自主地呼唤着天空里的弟兄。

这是一个明朗、纯净的早晨，天空蓝得通透。附近松林传来鸟儿婉转悠扬的轻快歌声，温柔的金色海风吹皱了一片树梢，风中的歌声时近时远，流连不去。可怜、天真的音乐会，竟然紧邻那邪恶的心灵！

我骑到银儿背上，夹紧双腿催他急行，它一路小跑着上了松林。一到那浓荫如盖的松树下，我就拍着手，又唱又叫！感受到我的狂热，银儿也发出一声又一声粗重的嘶鸣。回声激荡，尖锐、洪亮，就像从一口大井的井底传出的一样。鸟儿都唱着歌飞到别的松林去了。

---

① 囮（é，音俄）：捕鸟时用来引诱同类鸟的鸟。

正当愤怒的孩子们在远处大声咒骂的时候，银儿用它大大的毛头猛推我的胸口表示感谢，它推得如此用力，都把我给弄疼了。

30. 恋人

　　清新的海风吹上红土坡，吹到山顶的草地，在娇嫩的白色花儿中迸发出一阵悦耳的笑声；接着，它又蹦到了未清扫的松树林间，让那些闪闪发光的蓝色、玫瑰色、金色的蜘蛛网随风摇晃。海风吹了整整一个下午！阳光和轻风温柔地抚慰着心灵！

　　银儿驮着我，多么快乐，多么柔顺，多么欣然！好像我没有重量似的。我们上山的时候就跟下山一样轻快。最远处的那座松林，有着海岛模样的景色，一道闪光的、模糊的颜色在岛中轻轻振动。山下绿色的草地上，有一群驴子在灌木丛中跳来跳去。

　　一阵春天般的悸动飘浮在峡谷上空。银儿突然竖起耳朵，鼻孔大张——都快碰到眼睛了——露出它那大豆一样的黄牙。它悠长地呼吸着，深深啜饮四面的风，肯定有什么奇妙、浓郁的香气沁入了它的心房。没错。在另一座山丘上，蓝色天空映衬着的那头可爱的小灰驴，就是它的恋人。银儿发出两声喇叭似的嘶鸣，悠长、洪亮，震碎了这明亮的光阴，然后像一对双胞胎瀑布，飞流直下。

我不得不约束可怜的银儿这温存的本能。它美丽的甜心怀着和它同样的悲伤,看着它走过田野。银儿乌溜溜的大眼睛像镜子一样映出这些场景。路边的雏菊丛回响着徒然而又神秘的呼喊,洪亮、凄厉!

银儿心不甘情不愿地小跑着,时时都想着要回头。在它细碎的蹄声中,似乎一直在诉说无声的怨言:

"这不公平,这不公平,这不公平……"

31. 三个老妇人

"到坡上来，银儿。来吧，我们让这几个可怜的老太太先走。"

她们要么来自海边，要么来自山间。你看，一个是盲人，另外两个正搀着她的手臂带路。她们肯定是要去医院，或是去看路易斯医生。她们走得真慢啊，那两个能看见的一举一动都战战兢兢！好像三个人怕的就是死亡本身。你看到了吗，银儿？她们伸展手臂，做出滑稽可笑的动作，似是要推开空气，小心翼翼地避开一切想象中的危险，甚至是最柔嫩的花枝也不敢碰触。

当心点儿，小子！你就要掉下去了！你听听，她们的语言是多么粗俗啊！她们是吉普赛人。你看她们那画一样多彩的衣服，上面满是圆点与荷叶边。你看到了吗？她们没有包头巾，尽管上了年纪，她们高挑柔软的身躯依然挺直。暴晒在正午的烈日下，她们晒黑了，一身臭汗，灰尘仆仆，但是她们依然残存着些许粗俗的美丽，就像一段干枯、粗糙的记忆。

银儿，瞧瞧这三个老妇人。她们是怀着怎样坚强的信念，在晚年重燃生机的？我相信，在甜蜜颤动的热烈阳光下，这个让野蓟开出了黄色花朵的春天，必然也渗透到了她们衰老的生命中。

32. 小车

那条宽阔的小溪,因为暴雨水流上涨,漫到了葡萄园,我们在溪边碰到一辆陷在泥泞中无法动弹的小车,车上满载着野草和橘子。一个穿着破衣烂衫的脏兮兮的小姑娘伏在其中一个车轮上哭泣,她想帮那头小驴子——天呀!那驴子比银儿还小,也瘦得多——推车,已用尽了幼小胸膛中的所有力气。小驴在小姑娘呜咽的命令下,使出吃奶的劲挣扎着与寒风对抗,想要把小车从泥巴里拉出来,但车子仍是一动不动。小姑娘所作的努力就跟大多数勇敢的孩子一样,是无用功,最终她如同夏日里一阵疲惫的微风,晕倒在花丛中。

我轻轻地拍了拍银儿,给它套上鞍具,设法把它套在了小驴的前面。然后,我用饱含深情的话语催促它前进,银儿猛力一拉,就把小车和小驴从泥潭中拉了出来,拖到了堤岸上。

小姑娘那哭成了花猫的脸上绽出了可爱的笑容!就像傍晚时分的夕阳,起先如破碎的黄水晶散落在雨云中,忽然间又燃起了黎明的曙光。

她泪中带着欢欣,给了我们两个最好的橘子。我感激地接过橘子,把一个给了那羸弱的小驴,作为甜蜜的抚慰,另一个则当作金奖给了银儿。

33. 面包

银儿,我是不是跟你说过摩格尔的灵魂是葡萄酒?不对,面包才是摩格尔的灵魂。摩格尔就像一条小麦面包,白色的内里像柔软的面包芯,金色的外围——啊!黄褐色的太阳——像松软的面包皮。

正午的阳光最为剧烈,镇上开始弥漫松树的芬芳和热面包浓郁的香气。整个小镇张开了嘴。小镇就像一张大嘴,正在吃一条大面包。面包真是百搭:配橄榄油、冷西红柿汤、奶酪和葡萄都是极好的;面包皮酥脆的口感还可以配葡萄酒、肉汤、火腿,甚至是配面包本身,面包夹面包。当然,光吃面包也行,如果你愿意,可以加点希望或幻觉……

那个卖面包的人骑着马来了,他在每家半掩着的门前停下,拍手大喊,"面包来啦!"你可以听到挎在他裸露手臂上的面包篮子里的响动:四分之一磅面包落在小圆面包上,或是大块面包撞到辫子面包上的声音,柔和、清晰……

就在此刻,穷孩子们有的按门铃,有的敲大门,向屋里的人苦苦地哀求,"施舍一点面包吧"。

34. 可洛那的松树[①]

银儿，无论我停留在哪儿，我都好像身在可洛那的松树下。不管我到了什么地方——是城市、爱情还是荣光——都觉得到达了它那伸展于蓝天白云间的绿色浓荫下。就像海上刮来风暴时，灯塔引导摩格尔的水手一样，可洛那的松树是矗立在我梦中烦恼之海的灯塔，巨大浑圆、清晰可见，是我艰难岁月里高耸的避难所，它站在崎岖的红土坡上，乞丐们去往圣卢卡时都要经过这里。

每当我追忆可洛那的松树，我就会觉得浑身充满了力量。只有它不会因为我长大而停止长大，它似乎只会愈来愈壮大。当人们砍掉它被飓风吹折的树枝时，我觉得好似是砍断了我身体的一部分；有时候，当我被突如其来的痛苦击中时，我觉得可洛那的松树也能感受到我的痛苦。

"伟大"这个词适用于它，就像适用于海洋、天空和我的心灵。好几个世纪以来，有多少种族在它的浓荫下休憩、仰望浮云，就好像浮云是漂浮在大海上、在天空下、在我心的怀念

[①] 可洛那：西班牙原文"La Corona"，有"皇冠"的意思。

中。每当我思绪悠游,变幻莫测的形象会任意出现,有时虽然可以看到明确的对象,但别的心事却以重像出现,可洛那的松树在某些奇异、永恒的场景中变样了,在我飘忽不定的心中,它看起来格外巨大,树叶"飒飒"作响,召唤我到它宁静的树荫下休憩,仿如我生命旅程真正永恒的目的地。

35. 达尔朋

达尔朋是银儿的医生,他的体形有花斑牛那么大,面色红润像西瓜。他体重三百磅。据他自己说,年龄是六十岁。

他讲话的时候没有调子,活像一架缺了琴键的旧钢琴;有时候,他嘴里进出的不是字,只是一团空气。他一边咕哝,一边摇头晃脑,夸张地挥舞双手,前后摇晃,清清嗓子,对着手帕吐口水。该做的动作都做了,真是晚餐前一场愉快的音乐会。

他的牙齿都掉光了,几乎什么都吃不了,只能吃点面包屑,还得先放在手中揉软才可以。他把面包搓成一个小圆球,然后丢进他红润的嘴里。他会这样含上一个钟头,在口中把它滚来滚去。然后再放一个,又放一个。由于他是用牙龈咀嚼,他的胡子会碰到他的鹰钩鼻上。

他确实就像我说的,有一头花斑牛那么大。当他站在铁匠家门口时,他把整个房门都堵住了。但是,他跟银儿在一起时,却像孩子一样温柔。如果他看到一朵花或是一只小鸟,他会突然放声大笑,嘴巴大张,长笑不已,最后,笑声总是以哭声收场。接着,在他恢复平静之后,他会往老墓地那边望去,喃喃自语：

"我的小姑娘，我可怜的小姑娘……"

36. 男孩与水

烈日炙烤着满布尘埃的大厩栏，把它变成了干枯的不毛之地。不管你走路多么小心翼翼，都会扬起里面的细白灰尘，灰尘会飘到眼睛里。栏里有个小男孩，他与泉水待在一块儿，彼此都用灵魂坦诚快乐地交流。尽管一棵树都没长，但只要到达那里，你的脑海中就会出现阳光用大写字母写出的字，深蓝色天空下的眼睛也会反射出这两个字：绿洲。

虽然还是早晨，那里却和午休时一样炎热。圣弗郎西斯科厩栏里的蝉儿在橄榄树上嘶叫。太阳晒在男孩的头上，但是，他一直在聚精会神地看水，根本没有在意。他伏卧在地上，把一只手伸进奔腾的水流，泉水在他的掌心形成了一座颤抖、凉爽、优美的宫殿，他的黑眼睛里洋溢着喜悦。他自言自语，嗅了又嗅，另一只手在破衣烂衫间抓来抓去。那座永恒不变却又一直在更新的宫殿有时也会变得难以捉摸。小男孩忘了周遭的一切，他屏息静气，沉浸在自己的心灵深处，即使脉搏的搏动改变了这流动的水晶中那灵敏的万花筒图案，但是它夺不走他手中最初抓住的形体。

银儿，我不知道你是否理解我跟你说的话，但是那个小男孩的手中，捧着的是我的灵魂。

37. 友情

我们彼此非常了解。我随它漫游,它总是驮我到我想去的地方。

银儿知道,当我们到达可洛那的松树时,我喜欢抚摸树干,喜欢透过巨大、纯净、透光的树冠仰望天空;它知道在它踏上那条通往古泉的芳草小径时,我会非常开心;也知道从布满松林的山顶远眺小河,去往这样典雅的境界,是一件赏心乐事。如果我安心地在它的背上打个盹儿,睁开眼睛,总是会看到这类美妙的景致。

我把银儿当成孩子。如果小路崎岖不平,我对它来说变成了累赘,我会跳下驴背,减轻它的重担。我亲吻它,逗弄它,激怒它;但是,它心里非常清楚我爱它,它对我绝无怨恨。它是那么的像我,我觉得我做的梦,它也在做。

银儿像一位热情洋溢的少女一样爱恋着我,从不反抗。我知道我就是它的幸福。它甚至会有意避开别的驴子和人。

38. 摇篮曲

卖炭翁的小女儿虽然像一枚钱币一样脏兮兮的,但是长得非常漂亮。她的黑眼睛闪闪发亮,厚实的嘴唇在煤灰之间红得像血一样,她坐在茅屋门口的地砖上,摇着她的小弟弟入睡。

五月的时光在活力中颤动,就像太阳的中心一样明亮、灼热。在这亮闪闪的平静时光里,你可以听到铁锅在田野里沸腾的"咕噜"声,草地上牛马的嘶鸣声,海风穿过桉树林时的欢笑声。

卖炭翁家的小姑娘甜蜜而深情地唱起了摇篮曲:

"我家的小宝宝要睡觉,
我呀我呀好喜欢……"

歌声停了一下,有风……

"小宝宝睡了,
哄宝宝的人也睡了……"

有风……银儿在被炙烤着的松林中温驯地赶路，一步一步地离歌声越来越近。接着，它躺到黑色的土地上，听着悠长的摇篮曲，像个孩子一样睡着了。

39. 患肺痨病的小姑娘

在刷着白石灰的冰冷的房间里,她直挺挺地坐在那把孤零零的椅子上,脸色苍白,没有光泽,就像一株枯萎的甘松。医生要她到野外去晒点三月的阳光,但是可怜的孩子已没有力气走动。

"当我快走到桥那儿的时候,"她告诉我,"你看,先生,就在那里,但是我已经喘不过气来了。"

细弱的童音断断续续地飘落,就像夏天偶尔飘落下来的疲倦的微风。

我让她骑着银儿出门透透气。一路上,笑声在那张瘦削的、像死人般苍白的脸上绽放。整张脸好像就只看得到黑眼睛和白牙齿!

妇人都走到门口看我们经过。银儿走得很慢,好像知道自己背上驮着的是一朵脆弱的玻璃百合。兴奋和快乐改变了小姑娘的容貌,加上她身上穿着的那件纯白色的衣裳,她看起来仿佛是一位天使,正路过小镇,走上通往南方天空的大道。

40. 罗西欧圣母的庙会

"银儿,"我对我的小驴说,"我们出去等车队吧。他们会带来远方多尼亚纳森林的低语,阿尼玛斯松林的奥秘,马德雷斯和两株佛雷诺斯的清新气息,和罗西纳的芬芳……"

我牵着银儿去了,把它打扮得帅气、闪亮,好让它向姑娘们献殷勤。走过富恩特街,微弱的太阳渐渐西下,给白石灰屋檐高高挂上了一条玫瑰色的丝带。随后,我们进入沃尔诺斯围着篱笆的田野,在那里可以看见通往扬诺斯的道路的全貌。

车队已经上了斜坡。一阵温柔的细雨,从飘浮不定的淡紫色云彩落到绿色的葡萄藤上,也落到了罗西欧人身上。但是,谁也没有抬头看雨。

车队里最先亮相的是一群快乐的年轻夫妇,他们骑着挂满摩尔饰物的驴子、骡子和马,男的喜笑颜开,女的生机勃勃。这队华丽、充满活力的人群在街上走过去又走回来,在这毫无意义的疯狂中,不停地追赶互相插队。接着是满载着醉鬼的大车,喧闹、粗野、乱七八糟;再后面的大车挂着白色的布幔,像轿子一样,上面坐着许多棕色皮肤的花蕾般的小姑娘。她们在华盖下拍打着小手鼓,尖声唱着塞维利亚的歌谣。越来越多的马匹，越来越多的驴子……领队的大喊着：

"罗西欧的圣母万岁！万万岁！"

他头发灰白，体形消瘦，脸膛红润，背上搭着阔边帽，金色的权杖靠在脚镫上。最后压阵的是两头大花牛——前额挂满了色彩鲜艳的小饰物还装饰着小金片，看起来就像大主教——慢慢地拖着圣母像走来，银紫色的圣母像摆在铺满白花的牛车上，像一座繁花盛开的阴郁的大花园。

你现在可以听到乐声了，它夹杂在钟声、爆竹声和蹄铁敲击石板的刺耳声音之间。

银儿弯下前腿，缓缓跪下，像一个谦卑恭顺的妇人。

41. 隆萨[①]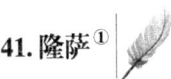

银儿的缰绳已经解开,它无拘无束地在那片开满纯洁雏菊的小草地上吃草,我从摩尔风格的鞍袋里拿出一本袖珍小书,靠在松树下,打开夹着书签的那一页,开始高声朗读:

"看五月枝头的玫瑰,

它最美的青春,它第一个花蕾,

连苍天也嫉妒它的美……"

头顶上,树枝的最高处,一只轻盈的小鸟在叽叽喳喳地叫着、跳着,太阳把它连同整个叹息不止的绿色树冠都变成了金色。在小鸟扑腾翅膀的声音和它的啁啾声中,你还能听到它啄开种子外壳的"哔剥"声,小鸟正在吃午餐呢。

"嫉妒它鲜艳的色彩……"

---

① 彼埃尔·德·隆萨(1524~1585年):法国古典诗人。

一个巨大的、暖烘烘的东西突然出现在我肩膀的上方，就像一个活的船头……是银儿，毫无疑问，它是被峨菲奥①之歌吸引过来的，它也来和我一起念诗。我们一块儿念道：

"鲜艳的色彩

当拂晓的晨光射向它的泪珠……"

但是这只鸟儿，可能是消化得太快，唱出了一个走调的音符把底下的字盖了过去。

隆萨在地下肯定也笑出声来了。

---

① 峨菲奥：太阳神阿波罗之子，希腊神话中的诗神。

42. 老人与西洋镜

突然之间,毫无征兆的,长街的宁静被一阵急促的鼓声击碎。接着,一个粗哑的声音气喘吁吁地喊了起来,发出一声长长的战栗的叫声。街道上响起跑步的声音,还有孩子们的叫喊声:

"西洋镜老头来喽!西洋镜!西洋镜!"

街角的一张折叠椅上摆着一个绿色的小箱子,箱子上装饰着四面粉红色的小旗子,镜头朝向太阳,正等着人们来看呢。老人把鼓敲了又敲。一群没钱的孩子,手插在口袋或是放在背后,静静地围着盒子站着。不一会儿,有一个孩子跑来了,手心里攥着便士。他走上前去,眼睛凑近镜头。

"现在……你会看到……普里姆将军……骑在白马上。"外乡来的老人疲惫地说道,一面打鼓。

"巴塞罗纳港!"鼓声更加急促。准备好便士的孩子们一个接一个地来了,他们一来就把钱交给老人,全神贯注地看着他,要买他的幻象。老人说:

"现在你会看到哈瓦那城堡!"他打着鼓。

银儿跟着对街的小女孩和狗跑来啦,它也要看西洋镜。

它把大大的脑袋探进孩子们中间找乐子。老人顿时幽默地对它说：

"让我看看你带钱了没！"

那些没带钱的孩子都大声笑起来，尽管他们一点都不想笑，他们用爱慕的眼神望着老人，谦卑地乞求着。

43. 路边的野花

银儿,路边的这朵野花是多么纯洁、多么美丽啊!一群群的人、牲畜经过它的身边,有公牛、山羊、小马、人,它是那么娇嫩,那么脆弱,但是依然在恶劣的环境中坚强挺立,淡紫、雅致,没有沾染一丝不纯净的东西。

每当我们走捷径上山,你都能在绿色原野里看到它。有时,当我们走近,咦?它的旁边怎么飞起了一只小鸟?有时它像一只小小的杯子,里面盛满夏云落下的清澈雨水;有时,它允许蜜蜂来掠夺,或者让蝴蝶来点缀片刻。

银儿,这朵野花只有几天的生命,但是关于它的回忆却永存。它的生命就像你青春时光中的一天,像我人生中的青春时光。噢,银儿,我该给秋天什么,才能换取这朵神圣的花?好让它每天都为我们的生命树立朴实的典范。

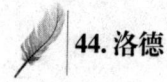

44. 洛德

银儿，我不知道你是否懂得怎样欣赏一张照片。我曾经拿出几张给几个乡下来的人看，他们什么都看不出来。你看，这是洛德，银儿，它是一只小猎狐犬，就是我经常跟你提起的那只。你看看，它就在这儿——看到了吗？——它坐在大理石院子里的软垫上，在几盆天竺葵中间，晒着冬天的太阳。

可怜的洛德。它来自塞维利亚，是我在那儿学画时带回来的。它是一条白狗，光亮得几乎没有颜色，它像女人的大腿一样丰满，像从水龙头里流出的水一样精力充沛、冲动鲁莽。它身上杂有两三块黑斑，宛如蝴蝶在那里休憩。它的眼睛是两个崇高感情的小天地。它也有疯癫的一面。有时候，它会无缘无故地围着大理石院子里的白百合花丛乱转，让你眼花缭乱；五月的阳光透过彩色玻璃屋顶给大理石院子抹上红色、蓝色、黄色，像卡米洛先生画的鸽子一样。有时它会跑到屋顶上，惹得紫崖燕巢里发出一阵激烈的叽喳声。玛卡里亚每天早晨都会用肥皂给洛德洗澡，它全身上下总是干净透亮，银儿，它就像蔚蓝晴空下屋顶平台上的雉堞一样闪闪发亮。

父亲去世的时候，它整晚守在灵柩旁。有一回母亲生病了，它在她床脚下躺了一个月，不吃不喝。有一天，有人跑到我家的院子里说它被疯狗咬了。他们要把它带到卡斯蒂约的旧地窖，把它拴在那里的橘子树上，和人群隔离。

当人们带它走下小巷时，它最后回头看了一眼，那眼神现在还如当初一样直刺我的心头，银儿，那就像一颗死亡星星的光芒，即使自身形体已灭，光芒却在升华的悲痛中永存。每当我在现实中遭受任何有形的痛苦时，洛德的眼神就会浮现在我眼前，悠长如生命通往永恒的路途——我的意思是从小溪通到可洛那的松树——永远深深地烙印在我的心头。

 45. 井

井！这是一个多么深邃的字眼，银儿，它是这么幽绿，这么阴凉，这么洪亮！似乎这个字本身一直在地面上旋转，钻进阴暗的泥土，一直到钻出水。

你看，无花果树既装饰也毁损了砌在井边的石头。在里面，你伸手可及的地方，布满青苔的砖块间盛放着一朵散发着馥郁香气的蓝花。再下去一点是燕子窝。再下去，是冰冷的阴影围成的门廊，那里有一座翡翠宫殿和一面湖，你若向湖面投进一块石头打破它的平静，湖水就会生气，会"嗡嗡嗡"地抱怨。最底下是一片天空。

（夜晚来临，井底深处映着月亮的清辉，还点缀着几许星光。嘘！安静！马路上已没有行人。灵魂逃到了井底的最深处。在那里，你可以看到黄昏的另一面。仿佛里面有一个巨人，它是所有秘密的主人，正打算从井口走出来。啊！宁静神奇的迷宫，幽暗芬芳的花园，魅惑迷人的魔宫！）

听着银儿，假如有一天，我跳进了这口井，那不是要自杀，相信我！我只是想快点摘到星星。

银儿发出一声嘶鸣，又渴又急！一只受惊的燕子，不声不响、歪歪扭扭地从井里飞了出来。

46. 踢

我们正打算到蒙特马约农场去给小牛烙印。正午刚过,炽热宽广的蓝天下,铺着鹅卵石的阴凉院子传来各种沸腾的声音:强壮马儿的嘶鸣声、女人们清新的笑声、狗儿焦急尖锐的吠叫声。银儿站在角落里,有点不耐烦了。

"哎!小家伙,"我对它说,"你不能跟我们一起去,你太小了。"

它一下变得好沮丧,我心疼不已,只好叫那个傻子男孩骑在它背上,跟我们一道走。

明媚的田野上,走来一支多么快乐的队伍!镶了金边的沼泽也在微笑,水面微波荡漾,像一面破碎的镜子。那封闭的磨坊,倒映在阳光下的水面上,看起来有它平常两倍那么大。在马儿坚定有力的"嗒嗒"声中,银儿仓促地迈着小碎步,蹄声尖锐。它得苦苦追赶才不会被落在后面。忽然传来一声爆裂声,八成是手枪。银儿的嘴碰到了前面那匹灰中带花的小公马的屁股,小公马回以快速的一踢。没人把这一踢当回事,可是我看见银儿的一条前腿一直在流血。我跳下马背,用木片和马鬃把它破裂的静脉扎好。然后,我叫傻子男孩带它回家。他们俩悲伤地沿着从村庄蜿蜒而来的干河床慢慢往回走,不时回头打量我们这支疾驰着的光灿灿的队伍。

从农场回来后,我去看银儿,发现它垂头丧气、痛苦万分。

"你知道吗?"我对它叹息一声,"跟一群人在一起,你就哪儿也去不了。"

47. 驴学

我在一本字典里读到："驴学：名词，用来描述驴子，是一种讽刺的说法。"

可怜的驴子！你是这么美好、高贵、机敏！讽刺——为什么？难道你不值得有一条对你的正经描述？难道驴子的真实写照不是一则春天的故事？哎！说真的，大家应该称好人为"驴"，而称坏驴为"人"才对！讽刺——怎么可以这样对你？你这么聪明，是老人与孩子、小溪与蝴蝶、太阳与狗儿、月亮与花朵的好朋友。你既耐心又体贴，既忧郁又可爱，是草原上的马尔柯·奥略利奥。①

银儿无疑是懂得的。它那双明亮的大眼睛，温柔坚定地凝视着我；一个小小的太阳在它眼球凸面这片小小的黑色苍穹里闪烁！唉！如果它低垂的毛茸茸的大脑袋知道我是在为它主持公道，它就会知道我比那些编字典的人要好，知道我差不多和它一样好！

于是，我在书本的空白处写上："驴学：名词，可用来描述编写字典的白痴——当然是讽刺语。"

---

① 马尔柯·奥略利奥(公元前121～前180年)：罗马帝国皇帝，爱好文史哲学，是一位杰出的哲学家。

48. 耶稣圣体节

我们从果园回来，一路上钟声不断，在溪边的小路上就听了三回，一走进富恩特街，又听到那青铜大钟敲出的钟声，声音洪亮，响彻整个白色的小镇。钟声在嘈杂的爆竹噼啪声和尖锐的金属乐器声中交织、回响。

街道新刷了白石灰且用赭红色的边框作了修饰，两旁还种上了白杨和绿柏，显得绿意盎然。家家窗户上都悬挂着织物：石榴红的锦缎、黄色的丝绸、天蓝色的绸缎；尚在服丧的人家，则挂着雪白的羊毛织物配上黑色的丝带。

在街角、教堂走廊边最远处的那几座房子中间，慢慢地出现了镜子做成的十字架，在夕阳的余晖中，已经可以在镜面上看到红色蜡烛发出的光芒。游行队伍缓缓地走过。西洋红的旗帜下是面包师的守护神圣罗克，他满载着新鲜的辫子面包；浅绿色的旗帜下是水手的守护神圣特尔莫，他手持银船；黄色的旗帜下是农民的守护神圣伊西德罗，他带着一对公牛；然后是更多的彩色旗帜，更多的圣人；后面是教导圣母的圣安娜；穿棕色衣服的约瑟和穿蓝色衣服的纯洁无瑕的圣母……最后由警察簇拥着一个圣体匣，它磨损的银座上缠绕着一束束成熟的稻谷和一串串绿色的葡萄,在蓝色的香云中缓缓移动。

暮色渐浓,安达露西亚口音的拉丁文赞美诗清澈地响起。此时,太阳已经变成了玫瑰色,低垂的光线照在里奥街上,使旧祭衣上沉重的金饰熠熠生辉。在这如蛋白石般光洁安静的六月,在这绯红色的钟楼周围,鸽群编织着雪亮高耸的花冠。

银儿发出一声长嘶。它的温驯加上教堂钟声、爆竹声、拉丁文赞美诗吟诵声和音乐声,与这个日子无瑕的神秘融合在一起。它的嘶鸣声高扬时婉转柔美,低回时神圣庄严……

 **49. 漫游**

在夏天穿过低洼的小路——路旁垂下鲜嫩的忍冬花——真是一件甜蜜的事！一路上，我或朗读、或歌唱、或对着天空吟诗。银儿则细细啃着阴凉围墙上的疏草、沾满尘土的锦葵和黄色的酢浆草。它停的时间比走的时间还长。我都由着它。

我用狂喜的眼神透视那湛蓝湛蓝的蓝天，看着它从果实累累的杏树升至最终的荣光。整片田野在燃烧着的寂静中闪光。河面上，一片小小的白帆在安详中静止不动。滚滚浓烟从火堆中升起，变成团团黑云，往山丘那边飘去。

不过我们的漫游非常短暂。就像纷繁人生中自由安详的一天——不是天堂里的得道神仙，不是河水将流往的海外仙山，甚至也不是火灾的悲剧！

我们闻着混杂橘子树芳香的空气，听着井绳传来的清凉的嘎吱声，悠然自得。银儿快乐地叫着、嬉闹着。多么简单的寻常情趣！我来到了池塘边，俯身把玻璃杯装满，喝着那白雪化成的清液。银儿把嘴伸进阴影下的水面，这儿一点、那儿一点地在最清澈的地方贪心地畅饮……

50. 黄昏

黄昏时的村庄安静、柔和,夕阳的余晖渐渐暗去,遥想远方的神奇世界,想象那些鲜为人知却又杂乱无章的种种秘事,是多么富有诗意啊!此时,整个小镇已被一种四处蔓延的魔力制住,就像被钉牢在那寄托悠悠哀思的十字架上。

清冷的星光下,打谷场上隐约可见几堆黄色谷物,一股干净饱满的谷粒清香在空气中飘荡。农人们在朦胧的倦意中温柔地吟唱。寡妇们坐在门槛上,思念死去的亲人,他们就在近处安眠,就在院子后面。孩子们从这片阴影跑到那片阴影,就像鸟儿从这棵树飞到那颗树。

有时候,穷家寒舍那暗光摇曳的白石灰墙上,会经过一些模糊、粗俗的黑影,他们沉默而忧伤——他们是陌生的乞丐、前往空旷田野的葡萄牙人或许还是小偷——与他们那黑暗可怕的侧影形成鲜明对比的是黄昏时的静谧时光,淡紫色的霞光缓慢神秘地投射在熟悉的景物上。孩子们都走了,在那些黑乎乎的神秘门洞里,流传着一个传说,"有人正在制造药膏,那药膏是用来医治国王那得了肺痨的女儿……"

51. 橡皮印章

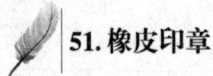

银儿,那个印章做成了表的样子。你打开小银盒,就可以看到它,它紧紧地贴着饱含紫色印墨的布料,就像一只鸟窝在巢里。真好玩儿!只要把它往我白里透红的漂亮小手上按一会儿,印章上的字就会出现:

弗朗西斯科·鲁伊斯

摩格尔

在卡洛斯学校时,我朋友有个印章,我不知梦见过它多少回!有一次在我家楼上的旧办公桌里,我发现了一套小巧的印具,我试着想组装出一个刻有自己姓名的印章。但总是弄不好,因为我的名字本来就很难印。一点都不像这个印章,轻轻巧巧地就可以在书里、在墙上、在皮肤上,到处盖个戳记:

弗朗西斯科·鲁伊斯

摩格尔

一天,一个卖办公用品的推销员跟着塞维利亚的银匠阿里亚斯来到我家。他那一排排的尺子、圆规、彩色墨水、印章,真是漂亮!各种式样、各种尺寸,应有尽有!我打碎了我的小扑满,找到了那枚五比塞塔的银币,向他订购一个刻有我的姓名和镇名的印章。等待印章的那一周好漫长啊！当邮车到达的时候，我的心跳得好厉害！当邮差的脚步在雨中离去的时候，我满身大汗、伤心透顶！有一个晚上，邮差终于把印章给我带来了。那是一个小小的复杂的装置：有铅笔、钢笔、封火漆用的大写字母——东西多得我都记不清！你只要按一下机栝，就会出现一枚崭新华美的印章。

家里还剩什么东西没有盖印呢？那天还有什么东西是不属于我的？若是别人想要借用一下我的印章，"小心！快磨平了！"真是担心得要命！第二天，我兴高采烈、匆匆忙忙地把所有东西都带到了学校：书本、衬衫、帽子、靴子、双手，全都印上了：

胡安·拉蒙·希梅内斯

摩格尔

 ## 52. 狗妈妈

银儿,我要跟你说的这只狗,是神枪手洛巴托养的那只狗。你跟它应该很熟,因为我们在去雅诺斯的路上碰见过它很多次。你记得吗?它那一身金白相间的毛,就像彩云环绕的五月落日。它生了四只小狗,送奶工莎鲁德把它们都带到她在马德雷斯的小屋去了,因为她的一个孩子就要死了,路易斯先生告诉她,要给孩子喂小狗肉汤。你很清楚从洛巴托家经过塔布拉斯再到马德雷斯的那座桥有多远。

银儿,他们说那狗妈妈那一整天都像疯了似的到处跑,跑进跑出,到马路上四处张望,爬到围墙上,在人们身上嗅来嗅去。黄昏时分,他们看见它仍然在看门人奥尔诺斯的小屋旁,站在煤袋堆上对着落日呜呜呜地哀嚎。

你很清楚从恩梅迪奥街到塔布拉斯的天桥有多远。那天晚上,狗妈妈在黑夜里来回走了四趟;每走一趟,银儿,它嘴里就会衔一只小狗回来。第二天天亮,当洛巴托打开自家大门的时候,狗妈妈躺在门槛上甜蜜地望着主人,那四只小狗笨拙地颤抖着,一面吸吮着妈妈丰满、粉红色的乳头。

53. 我们仨

银儿，也许她打算离去——去往哪儿？——坐在那列烈日下的黑色火车里，火车沿着高高路基上的铁轨，一路利落地剪开漂亮的白云，"咔嚓咔嚓"地向北方开去。

你和我正站在麦田里，金色的麦浪翻滚着，田野上到处遍布着血滴般的红罂粟，七月已经毫不客气地给这些花儿戴上了煤灰皇冠。一团淡蓝色的小小烟雾翻滚着，徒劳地挣扎，最后化为乌有——你记得吗？——它还给太阳和花朵投下了一片短暂的阴影。

她那长着金色秀发的头上，蒙着黑纱，漂亮的身影转瞬即逝！就像梦中的一幅画像，镶嵌在飞驰而去的火车窗格上。

或许，她在想："那个穿着丧服的人是谁呀？还有那头银色的小毛驴，叫什么名字？"

不是我们又会是谁呢？你说对吗？银儿。

 54. 麻雀

圣詹姆斯的早晨,天空密布着灰色和白色的云雾,好像把大地包在了棉花中。大家都望弥撒去了。花园里只乘下麻雀、银儿和我。

麻雀真是好样的!在偶尔洒下几滴细雨的圆圆云朵下,它们在攀爬的葡萄藤之间冲进冲出,"叽叽喳喳"地大声吵闹!用喙子胡乱地啄来啄去!有一只停在枝头又飞走了,空留下颤动的树枝;还有一只飞下来到井栏的小水坑里喝水,水面倒映着一方小小的蓝天;另外一只跳到开满花的屋顶边上,即将凋谢的花朵因为阴天又活了过来。

没有固定节日的幸福的鸟儿!它们的天性纯真自由,永不改变,钟声对于它们来说毫无意义,也许顶多只是模糊的欢乐气氛吧!它们对一切都心满意足,没有命中注定的牵绊,也没有人类命运的种种高峰低谷,而可怜的人们,时而欢乐时而恐慌,和奴隶又有什么两样?它们除了自己的道德外,没有别的规范,它们是我的兄弟,我亲爱的兄弟。

它们旅行时从不带行李或是金钱;它们心血来潮时就搬新家,只要察觉到小溪或是感应到灌木丛,张开翅膀就能找到欢

乐；它们不知星期一或星期六为何物，它们随时随地都可以洗澡；它们也付出爱，无名的爱，博大的爱。

当人们——可怜的人们——星期天关着大门去望弥撒的时候，它们突然飞来了，给这空荡荡的花园带来清新、快乐的"叽喳"声，为我们树立了一个欢乐的榜样。当然，花园里还有一位它们熟识的诗人和一头温驯的小驴子，也把它们当作兄弟。

55. 夏天

银儿在流血,紫红色的黏稠血液,从被马蝇叮咬的伤口滴下来。蝉在松树上发出拉锯般的鸣叫,叫声没完没了。小睡了一会儿之后,我睁开眼睛,沙地上的景色看上去雪白一片,在这要将人烤焦的酷热天气里,令人突然感觉到一阵阴冷的寒意。

低矮的岩蔷薇花丛,星罗棋布地开着朦胧巨大的花朵,轻烟似的、薄纱般的,棉纸似的蔷薇,每一朵都缀着四颗鲜红的泪珠儿;令人窒息的雾气染白了平整的松树林。一只从未见过的黄底黑斑小鸟,一声不吭地栖息在树枝上,好似永远也不会飞走。

看守果园的人敲打着铜锣,驱赶大群从天而降想来吃橘子的针尾鸭……我们走到大胡桃树的树荫下,我切了两个西瓜,瓜儿在裂开时不断发出清脆的"咔嚓"声,露出里面艳如玫瑰质如霜花的瓜瓤。我一边听着远处镇上传来的晚祷钟声,一边慢慢吃着我的那份西瓜。银儿则把它那份蜜糖似的瓜肉当水一般喝掉。

56. 星期日

那口小钟发出一串高声长鸣,声音忽远忽近,响彻节日早晨的天空,仿佛整个蓝天都是水晶。田野原本苍白,因这欢乐得像花朵一样撒落的钟声,好似被敷上了一层金粉。

所有的人,包括果园的门卫,都到镇上观看游行。只有银儿和我没去,我们独自待在镇子里。多么安宁!多么纯静!多么满足!我把银儿留在草地高处,自己躺在松树下看书,松树上栖满小鸟,看到我来,它们都没有飞走。我看的是峨默伽亚谟的诗①……

在阵阵钟声之间的寂静里,九月早晨那股内在的骚动又重获形貌和声音。金黑色的大黄蜂,围着葡萄藤架盘旋,架上满挂着一串串饱满的麝香葡萄。蝴蝶在花丛中翩然起舞,与花朵汇成了一片,似乎每次起飞都会传出一阵笑声。此时,寂寞有如一道巨大的思想之光。

银儿时不时地停止吃草,望着我;我也时不时地停止阅读,望着银儿。

---

① 峨默伽亚谟(1070~1123年):公元12世纪的波斯诗人。

57. 蟋蟀的歌声

银儿和我在夜间漫步的时候，都已熟悉了蟋蟀的歌声。

蟋蟀在黄昏时唱的第一支歌开始时犹疑、低沉、生涩。接着，它换了个调子，边唱边自学，一点一点地逐渐上升到适当的音高，好似终于找到了最为应时应景的曲调。当星星出现在透明的绿色天空时，蟋蟀的歌声忽然变得悦耳动听，如银铃般奔放甜蜜。

清新的紫色微风飘来荡去；花朵在夜间已全部绽放，天地交接处那一片无垠蓝色散发出一股纯净神圣的浓郁香气，弥漫在草原上。蟋蟀的歌声欢天喜地地，充塞着整个乡间，像是影子发出的乐声。它的歌声不再犹豫间断，仿佛自然流露，发自肺腑，每一个音符都和下一音符成双配对，融成一块黑色的水晶。

时间静静地流逝。世界上没有战争，劳苦的人睡得正香甜，他在梦中看到了远方的天空。墙边的藤葛之间可能有心醉神迷的恋人，他们的目光彼此交融。花儿绽放的豆田向镇上飘送清香柔和的讯息，好似自由奔放的青春，心胸开阔，感觉纤细。麦浪摇曳，在月色下泛着绿光，朝着凌晨两点、三点、四点的清风发出一声声叹息。蟋蟀响亮的歌声,唱了这么久的歌声,已然消逝。

　　银儿和我打着寒战回去睡觉,我们走在沾满白色露珠的小径上,听,蟋蟀的歌声又唱起来了!啊!清晨的蟋蟀之歌!月正西沉,发着红光,睡意朦胧。歌声与月光浅斟,与星光畅饮,多么浪漫!多么神秘!多么丰沛!这时,一朵朵巨大的愁云,镶着蓝中带紫的边,慢慢地把白昼从海里拉起来。

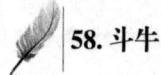
58. 斗牛

银儿,我赌你一定不知道那些孩子到这里来干什么?他们是来问,今天下午我会不会让他们带你一起去讨牛栏的钥匙。但是别急,银儿,我已经跟他们说了,这事儿连想都不用想。

银儿,他们来了,一个个兴奋到了极点。整个小镇都因为斗牛在骚动。天一亮,乐队就在酒馆前吹吹打打,现在声音已经荒腔走板。新街上下,车水马龙,川流不息。街后的小巷内,人们正在为斗牛士准备"卡那里奥",就是孩子们非常喜欢的一种黄色马车。所有院子里的花都被摘光了,准备献给女主持人。年轻的小伙子们懒洋洋地在街上走着,头顶戴着阔边帽,身上穿着衬衫,嘴里叼着雪茄,全身散发出一股马厩和白兰地的气味,这情景让我觉得悲哀!

大概两点左右,银儿,那是独处与阳光的时刻,是一天中明亮的空当,斗牛士和女主持们整装待发。我俩跟去年一样,从后门出去,穿过小巷,到田野里去吧。

过节的这几天里,被众人遗忘的田野是多么的美啊!葡萄园和蔬菜园里,依稀可以看见一个老头在俯看脆嫩的葡萄枝或是纯净的溪水。远处传来人群沸腾的喧闹声、掌声和斗牛场上的音乐声，好像戴在小丑头上的一顶皇冠。我们把这一切都抛在身后，平静地向海边走去。银儿，灵魂才是天地万物真正的王后，它凭借自己的感觉和大自然伟大成熟的形体探知这世间的一切，只有那些对大自然致以崇敬的人，灵魂才会驯服地向他们展现自己辉煌不朽的美。

59. 暴风雨

恐惧。屏住呼吸。一身冷汗。可怕的、低垂的天空窒息了黎明。(无处可逃)寂静……情侣暂停了甜蜜的私语。罪恶在战栗。悔恨闭上了双眼。更加寂静……

低沉的雷声在空中回荡,永不停息,就像一大堆石头,从半空中落到小镇上,在这被人遗弃的早晨来回滚动,没完没了。(无处可躲)所有娇弱的东西——花儿、鸟儿——全都从生命中消逝。

恐惧怯生生地从半掩的窗户向外打量,偷窥那悲伤的天光。东边云朵的间隙,可以瞥见几抹寒冷而模糊的淡紫色和玫瑰红,身影凄凉,完全无法与黑暗对抗。

晨祷的钟声!嘶哑的钟声无人理会,夹在雷声之中啜泣。这是世上最后一次晨祷吗?希望钟声快快停下,要么就越敲越多,越敲越响,直到把这场暴风雨淹没。人们焦躁不安地踱来踱去,不停地祈求,却不知道要的是什么。

(无处可避)心灵在恐惧中石化。孩子们在哭泣……

银儿孤零零地待在院中毫无防卫的厩栏里,不知会怎么样?

60.葡萄收成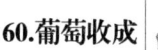

　　银儿,今年来送葡萄的驴子真少啊!那些招贴上用大字写着:六个里亚尔①一斤,都白写了。那些驴子都到哪里去了?那些来自鲁塞纳、阿尔蒙特和巴洛斯的驴子,他们满驮着像你我血液一样饱满、流动的液体黄金,排着长长的队,一小时、一小时地等,等着葡萄榨汁机空出来。街道上到处都是葡萄汁,女人和孩子们都拿着大水罐、坛子、陶瓶来盛装。

　　那时候酒窖是多么热闹啊,银儿!尤其是要缴付什一税的酒窖。在那棵压着屋顶的大胡桃树下,酒窖的工人一边清洗葡萄酒桶,一边用朝气蓬勃、洪亮、浑厚的音调唱歌;那些把葡萄酒装桶的工人,光着脚走过,肩上扛着大罐,罐里盛满颜色深浅不一、闪闪发光、冒着泡沫的葡萄汁;后面的棚屋下,桶匠站在干净、芬芳的刨花中,用力地敲打,铁锤发出"叮叮咚咚"的撞击声。我骑在海军大将的背上,从一个门进去,又从另一个门出来——这两扇热热闹闹的门,每天都是面对着面,互相给予生命与光明的鼓励——我可以感

---

① 里亚尔,旧时西班牙的货币单位。

受到工人们高涨的热情。

二十台葡萄榨汁机日夜不停地赶工。多么疯狂、多么炫目、多么滚烫的乐观啊！今年呢，银儿，所有葡萄榨汁厂的窗户都关闭了，只在院子里留一台榨汁机和两三个工人就足够了，还绰绰有余呢。

现在，银儿，你该做点事了，不能老是这么无所事事啊！

别的驴子背上驮着重担，一直看着自在悠闲的银儿。为了不让它们讨厌它，或者认为它坏，我带着银儿来到邻近的果园，把葡萄装到它背上，牵着它随驴群慢慢地走到榨汁厂去。然后，我又偷偷地把它带走。

61. 夜曲

节日的小镇，红光冲天，柔柔的晚风中飘来刺耳、怀旧的华尔兹舞曲。在漫游的紫色、蔚蓝和稻草黄的光晕里，教堂塔楼显得灰白、沉默、僵硬。镇郊那座昏暗的酒窖外，一轮黄色的月亮低低地悬挂在小河上，发出梦幻般的光芒。

田野孤零零的，只有树和树的影子与它做伴。蟋蟀时断时续地唱着歌，隐藏的流水发出梦呓般的"咕噜"声，一片潮湿的温柔，就好像星光也融化了一样。银儿在温暖的厩栏中发出了一声声伤感的嘶鸣。

那只山羊肯定也没睡，正在那里走来走去呢；它的小铃铛一直在发出"叮叮当当"的声音，起先刺耳，后来甜蜜。铃声终究停下来了……远处，从蒙特马约那个方向传来另一头驴子的叫声……接着，霍埃洛那边又传来了一声驴叫……有只狗在吠叫……

夜是多么的明亮啊！花园里花朵的颜色看起来就像在白天一样清晰。富恩特街最后的那栋房屋旁，一盏摇曳的红灯笼下，有个孤独的人转过街角。是我吗？不，因为在月光、紫丁香、微风和阴影投下的芬芳光影交会处——蓝色的、流动的、金色的光影交会处——我正在聆听自己深沉、遗世独立的心声。

地球轻轻地转动……

62. 萨里托

葡萄收获季节,一个红彤彤的下午,我正在小溪边的葡萄园里,那些妇人告诉我,有个小黑人在找我。

我向晒谷场走去,他已经从小路走来。

"萨里托!"

是萨里托,他是我的波多黎各女友罗莎利娜的一个用人。为了能参加村子里的斗牛节目,他从塞维利亚逃了出来,饿着肚子,身上一个钱也没有,只好把那鲜红的披风搭在肩膀上,从尼埃布拉一路步行到了这里。

采葡萄的工人们斜着眼看他,掩不住一脸的鄙夷;女人们倒并不是因为她们自己,主要是因为男人们的态度,也纷纷避开他。他刚刚经过葡萄榨汁厂的时候,就已经和那个咬破他耳朵的男孩子打了一架。

我朝着他微笑,亲热地和他说话。银儿在我们身边走来走去,吃着葡萄。萨里托不敢向我表露他对我的情感,只是抚摸银儿,一面用高贵的神态望着我。

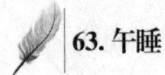
63. 午睡

当我在无花果树下醒来的时候,看到的是午后阳光那哀愁、浅黄、凋谢的美!

一阵干燥的微风,带着岩蔷薇融化在空气中的芬芳,抚摸我醒后汗湿的身体。那棵光滑的老树轻轻摆动片片阔叶,让我一会儿陷入阴暗之中,一会儿又被阳光照得眼花缭乱。就好像我是躺在摇篮里,正在被温柔地摇动,从阳光摇到阴影,又从阴影摇到阳光。

远处无人的小镇上,清澈的气流之外,传来三点整晚课的钟声。银儿从我身边偷了一个果肉如霜、鲜红甜美的大西瓜,听到钟声,它一动不动地站着,用巨大的、眨巴着的黑眼睛看着我。

面对它那双疲倦的眼睛,我的眼皮又变重了……微风吹回,仿佛一只展翅欲飞的蝴蝶,又倏地收拢了翅膀……收拢……就像我那一直垂着的眼皮,忽然阖上。

64. 焰火

九月的时候,我们常常在节日的夜晚去往果园农舍的后山,闻着池塘边的甘松树散发的香气,在一片芬芳的寂静中,聆听小镇喧闹的声音。

天色已晚,天空燃起了焰火。先是几声小小的闷响;然后是飞向高空的无尾火箭炮爆发的一声叹息,就像一只星光闪烁的眼睛,瞥了一眼田野,就把它变得有红、有紫、有蓝;有些焰火光华陨落时的美丽,有如裸体少女那令人神魂颠倒的玉体,又如血红的垂柳滴落朵朵光之花。啊,美哉!那燃烧着的孔雀,光明玫瑰串成的天体,在星辰花园中飞翔的火红的锦鸡!

每一次焰火爆炸的声响都教银儿颤抖,天空倏地亮起来,照得它忽蓝、忽紫、忽红;在摇曳的光芒中,我能看见它正睁着黑色的大眼睛担忧地望着我。

焰火就要达到高潮,远处小镇传来一阵欢呼声,城堡上空升起一顶旋转的金色皇冠,银儿疯狂地嘶鸣,宛如一个被魔鬼掳走的灵魂,跑过葡萄丛,奔向那隐没在阴影中的安静的松树林。

 **65. 月亮**

银儿刚刚在院子里喝了两桶布满星光的井水,现在正慢慢地穿过高大的太阳花,漫不经心地走回厩栏。我舒展着身体,躺在刷了白石灰的门槛上,等它,四周弥漫着天芥菜花温暖的芳香。

九月柔和的湿气浸润了低矮屋顶上的瓦片,远处的田野睡着了,松树散发着浓烈的香气。一朵巨大的黑云,好像一只下金蛋的大母鸡,把月亮下在了小山上。

我对着月亮说:

……但是

月亮只会出现在天上,从不

掉落,除非落在梦里。

银儿定定地望着月亮,摇动一只耳朵,发出有点刺耳但是非常细微的声响。然后,它一脸惊讶地看着我,摇动另一只耳朵。

66. 快乐

银儿同戴安娜——新月般美丽的白狗、老灰山羊和孩子们在一起玩耍。

戴安娜活泼、优雅,它摇动着小小的铃铛,在驴子前面跳起,假装要咬它的鼻子。银儿竖起耳朵,像两把仙人掌剑,轻轻地对它刺去,使得它在开满花儿的草地上滚来滚去。

山羊跟在银儿身边,摩擦着它的腿,用牙齿扯它驮着的芦苇尖儿。它嘴里叼着一朵雏菊或石竹,跑到它前面用头撞它,然后跳来跳去,快乐地"咩咩"叫,就像一个撒娇的女人。

到了孩子们中间,银儿就像一个玩具。不管他们怎么捉弄它,它总是有无尽的耐心!它走得真慢啊,时而还要停下来,装痴作傻,留意不让他们掉下来!有时,它忽然撒开蹄子假装要跑,吓得他们惊慌失措!

摩格尔秋日的下午是那么明净!十月纯净的空气锐化了所有清澈的声响,山谷里翻腾起快乐的田园牧歌,有羊的咩咩声和驴的嘶鸣声、孩子们的笑声、狗儿的吠叫声和铃儿的叮当声。

 **67. 野鸭**

我送水来给银儿喝。宁静的夜空布满白云和星星,寂静的院子里,可以听见一阵口哨似的清脆叫声,不断地从我们头顶上方掠过。

那是野鸭。为了躲避海上的风暴,它们往内陆飞去。有时,我们可以听见它们扇动翅膀时发出的微弱噪音,还有鸭嘴开合的细小声音,仿佛是我们在往上升或是它们在往下降。

在这趟无止境的飞行中,野鸭的叫声绵绵不绝。

银儿不时停止喝水,像我一样抬头望着星光,满怀温柔的悠悠乡愁。

68. 小女孩

那个小女孩是银儿的开心果。只要看到她从紫丁香花丛中向它走来，穿着白色的连衣裙，戴着稻草帽，娇滴滴地叫它，"银儿，小银儿"，那头小蠢驴就想挣脱缰绳，像个小男孩一样跳来跳去，疯狂地大叫。

她无所顾忌地在它肚皮底下钻来钻去，用小脚丫子轻轻地踢它，把白花般的小手放进它长着大黄牙齿的粉红色大嘴里；有时它低下头存心让她抓它的耳朵，她便用它的名字变幻出各种昵称叫它："银儿！大银儿！小银儿！小小银儿！"

在那些漫长的时光里，小女孩躺在雪白的小床上顺着生命之河滑向死亡，谁也没有想到银儿。她在神志不清的时候，哀伤地叫着："小银儿！"充满叹息的黑房子里，可以不时听见她的朋友在远处悲伤地嘶鸣。多么惆怅的夏天！

在下午的葬礼上，上帝在你身上赐予了无限荣光！九月将在玫瑰和黄金之中画下句点。铃声在墓地里回响，在灿烂的晚霞中送你走上通往荣光的路途！我满怀沮丧，一个人沿着围墙走回来，从院子的大门走进房子。避开人群，来到厩栏，坐下来和银儿一起哭泣。

69. 牧童

　　山丘上，紫色的黄昏慢慢地把周围的一切变得阴暗恐怖，日落时的天际有如绿色的水晶，映衬着黑色剪影似的小牧童，他在闪烁的金星下吹着短笛。那些散发着浓郁香气的花儿现在都看不见了——在包围一切的黑暗中，强烈的气味使花朵得以升华，有了自己的形体——与花香混合在一起的是缓缓的铃声，那是羊群清脆甜蜜的铃铛发出的声音，走进小镇之前，羊儿通常会在熟悉的地方盘桓一会儿。

　　"先生，如果那头驴是我的……"

　　在这光影交替的朦胧时段，小男孩显得更黝黑、更质朴了，他那灵动的双眼好似可以捕捉所有转瞬即逝的余光，就像巴托洛梅·埃斯特万·摩里略①画中的少年。

　　我愿意把驴子给他……但是没有了你，我该怎么办，小银儿?

　　一轮明月从蒙特马约山的修道院升起，向草地柔柔地洒着银光，草地上还残留着白日的余晖；开满鲜花的大地现在看起来更加如梦似幻，仿佛某种奇异的花边，原始而美丽；岩石看

---

① 巴托洛梅·埃斯特万·摩里略（1618~1682年），西班牙画家。

起来更巨大、更危险、更悲伤;隐藏的溪流中,流水呜咽得更大声了。

小牧童羡慕地大声叫着,现在他的声音也远了:

"啊,要是那头驴子是我的,那该有多好啊!"

70. 金丝雀死了

你看，银儿，今天清晨孩子们的金丝雀在银色鸟笼里死了。那只可怜的鸟儿真的很老了。你记得的，去年冬天，它一声都没吭，老是把头埋在翅膀里。春天来临的时候，太阳把大地变成了一座花园，庭院里开出了最美丽的玫瑰花，为了点缀这生机勃勃的新生活，它也唱了起来：但是它的声音嘶哑、气喘咻咻，就像一支破碎的笛子。

那个负责照顾它的孩子，年纪最大，看到它一动不动地躺在笼子底下，一路哭喊着跑来说："可是它什么都不缺啊——食物、水。"是的，银儿，它什么都不缺。"它只是死了。"坎波亚莫尔①会这么说，一只老金丝雀罢了……

银儿，你觉得鸟儿会不会也有天堂？蔚蓝的天空上会不会有一座绿色的花园，里面长满了金色的玫瑰花丛，飞翔着白色、蓝色、玫瑰色和黄色小鸟的灵魂？

听着：今晚，孩子们、你和我，要把死去的鸟儿带到花园里去。现在是满月，在苍白的银色月光下，可怜的歌唱家在布

---

① 拉蒙·德·坎波亚莫尔（1817~1901年）：西班牙诗人。

兰卡洁白的手中，宛如一片枯萎的金色鸢尾花瓣。我们要把它埋在那一大片玫瑰花丛下。

就在这个春天，银儿，我们一定会看到这只鸟儿从白玫瑰的花芯里飞出来。芬芳的空气会变成美妙的旋律，那看不见的翅膀会在四月的阳光下迷人地飞翔，还有那最纯净的金色颤音也会低声地喁喁私语。

 **71. 山丘**

银儿，你从来没有见过我这样舒展身体，既典雅又浪漫地躺在山丘上吧？

牛儿从我身边经过，还有狗儿和乌鸦，我都一动不动，甚至都不会看一眼。夜晚降临，只有黑暗才能把我赶走。

我不知道我第一次去那里是什么时候，甚至想不起有什么时候我没去那里。你知道我说的是哪个山丘：就是在科巴诺老葡萄园上面，像一对男女的躯干那样耸立着的那座红色山丘。

我所有读过的书都是在那里读的，我所有的思考也都是在那里进行的。在每个博物馆里，我都看见自己的画像，是我自己画的。我，穿着黑衣服，舒展着身体躺在沙上，背对着我自己，我的意思是背对着你或是任何看画的人，我的思绪在我的眼睛和落山的太阳之间自由游荡。

松园的房子里传来他们的叫声，问我是不是现在就回去吃晚饭或是上床睡觉。我想我会去的，但是我不知道我会不会留在那里；不过可以肯定的是，银儿，现在我没有和你一起待在这里，也不是真的在其他任何我可能出现的地方，甚至也不是在我死后的坟墓里；我只是在红色的山丘上，既典雅又浪漫，手里拿着书，凝视着河面上下沉的落日……

72. 十月的午后

假期结束了,孩子们都随着最先出现的黄叶回学校去了。多么孤独啊!房子里的太阳光看上去空荡荡的。想象中,远方响起叫喊声和欢笑声。

在仍留有花朵的玫瑰园上空,薄暮徐徐而降。夕阳的光芒点燃了最后几朵玫瑰,整个花园像芬芳的火焰升向落日的光芒,到处弥漫着玫瑰燃烧的香气。一片寂静。

银儿和我一样百无聊赖,不知道做什么好。它磨磨蹭蹭地向我走来,起初有一点犹豫,最后才鼓足了信心,和我一起走进房子。

73. 被遗忘的葡萄

十月漫长的雨季过后,我们在蔚蓝金黄的晴天一起到葡萄园去。银儿驮着鞍袋,一边装着午餐和孩子们的帽子,为了保持住平衡,布兰卡侧坐在另一边,温柔、白里透红的布兰卡,就像一朵漂亮的桃花。

雨后的田野真迷人!溪水满溢,田地已被浅浅地犁过,田边的白杨树仍然挂着黄叶,树上还可以看到鸟儿黑色的身影。

突然之间,孩子们一个接一个地跑了起来,大叫着:

"一串葡萄!一串葡萄!"

一株老葡萄藤纠结缠绕的细长藤蔓上,还残留着几片黑色和红色的枯叶,燃烧着的太阳照亮了一串晶莹、成熟、琥珀色的葡萄。大家都想要那串葡萄!维多利亚采到它,把它藏在身后。孩子们都向她要,我就叫她给我,她是个即将走向成熟的女孩,带着对男人甜蜜自愿的顺从——心甘情愿地把葡萄给了我。

这一串上有五颗大葡萄。我给了维多利亚一颗,布兰卡一颗,洛拉一颗,佩柏一颗,最后在大家的欢笑声和掌声中,我给了银儿一颗,它用巨大的牙齿,猛地衔了过去。

74. 秋天

银儿,这会儿,太阳也开始懒了,不愿起床,农夫都比它起得早。没错,太阳现在都没来得及穿衣服呢,它凉飕飕地爬了起来,天气也跟着冷了起来。

北风刮得真猛啊!你看看落在地上的小树枝,被猛烈笔直的大风刮得像平行线似的躺着,指向南方。

银儿,这把犁,看起来像一件天然的武器,却正在做和平快乐的工作,潮湿的大路边,变黄的树木——当然它们在春天又会变绿的——宛如柔和的篝火最纯净的金光,明亮地照着我们疾行的步伐。

75.海军大将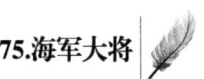

你不认识它。在你来之前,他们就把它带走了。从它身上,我明白了何为"高贵"。你看,它从前的食槽上头,还钉着刻有它名字的厚木板,还有它的鞍,马嚼子和马勒。

银儿,当它第一次走进这个院子的时候,看上去真是神采飞扬!它是从盐沼那边来的,给我带来了力量、活力和快乐。它长得真帅!每天天一亮,我就会和它沿着小河的堤岸疾驰,冲过盐沼,惊飞一群群在关闭的磨坊附近觅食的寒鸦。然后,顺着公路走,在它紧密坚定的"嘚嘚"蹄声中,从新街进入镇上。

一个冬天的下午,圣胡安酒窖的杜邦先生,手持马鞭来到我家,把一叠钞票放在客厅的圆桌上,就和拉乌罗一起朝厩栏走去。天黑以后,我从窗户里看到杜邦先生牵着套上了双轮马车的海军大将,在雨中向新街走去,这场景就像梦一样。

我心痛了不知多少天。他们不得不请医生来,给我开了一些溴化钾和乙醚,还有一些天知道是什么东西。直到时间渐渐把它从我脑海中抹去,就像抹去洛德和小女孩一样,银儿。

是的,银儿,你和海军大将一定会成为好朋友的!

76. 鱼鳞

从阿塞尼亚街开始，银儿，摩格尔就成了另外一座小镇。那里是水手区。人们讲话的方式都不一样，使用的是航海术语，加上自由夸张的比喻。男人们衣着考究，挂着沉重的表链，抽着上好的雪茄和长烟斗。就拿卡拉提里亚那边来的农夫比方说拉波索来说吧，他正经、干瘦、谦逊，和里贝拉街的人，比方说你认识的毕贡，他快活、黝黑、满头金发，两者一比，你就可以看出他们之间的区别有多大。

圣弗朗西斯科教堂看守人的女儿格拉纳狄利亚，就住在柯拉尔街上。只要她一来我家，她讲的那些生动活泼的见闻，以及她唱作俱佳的表演，总会在厨房里引起一阵骚动，数日不绝。三个女仆，一个来自佛里塞塔，一个来自蒙都里奥，还有一个来自奥尔诺斯，都被她迷得一愣一愣的。她讲加迪斯、塔里法和伊斯拉的故事，说到走私烟草、英国料子、丝袜、银子和黄金。然后，她趾高气扬地走出去，鞋跟踩得"嗒嗒"响，把一条漂亮的黑色围巾紧紧地裹在娇小苗条的身躯上，就系在她的腰身上。

女仆们还在议论她留下的多姿多彩的谈话。我看见蒙特马约手拿一片鱼鳞举向太阳,还用另一只手蒙着左眼。我问她在干什么,她告诉我,在鱼鳞的七彩闪光里,可以看到卡尔曼的圣母,身上披着敞开的刺绣斗篷——卡尔曼的圣母是水手的守护神——她还说这是真的,因为格拉狄利亚是这样跟她说的。

77. 毕尼托

"你看他!你看看他!比毕尼托还疯!"

我几乎已经忘记毕尼托是谁了。现在,银儿,这温暖的秋日阳光,把浅红的围墙晒得比火焰还要红,却没有把它晒热,那个小男孩的叫声,突然让我眼前出现了老毕尼托的身影,他背着一大捆发黑的葡萄藤,爬上山坡,朝我们走来。

他闪进我的记忆,接着又消失了。我很少想起他。有那么一瞬间,我看到了他——瘦削、黝黑、机敏,在肮脏的丑陋中仍残留着俊美的痕迹;但是,当我竭力想要回忆他的模样时,他的影子又从我面前消失了,就像梦醒了一样,甚至都不知道我在脑海中见到的人影是不是真的是他。也许,在某个下雨的早晨,他近乎赤身裸体地沿着新街狂奔,被孩子们扔石头;或者在冬天的黄昏,他低着头跟跟跄跄地沿着老墓地的土墙,绕过磨坊,回到不用缴房租的洞穴,洞穴紧邻着死狗坑和垃圾堆,一些外乡的乞丐也会来这里。

"比毕尼托还疯!快看他!"

银儿,只要能和毕尼托促膝长谈一次,我愿意付出任何代价!那个可怜的老头,听马卡里亚说,有一回他在科利利亚斯家里酗酒，出来后掉在城堡旁的水沟里死了，那是很久以前的事，当时我和你现在一样小，银儿。不过，你觉得他真的疯了吗？不知道他到底是怎样的人？

毕尼托死了，银儿，我再也没有机会了解他的为人；但是，那个小男孩的娘无疑认识毕尼托，你知道吗，据小男孩说，我比毕尼托还疯。

 **78. 河流**

银儿你看,他们为了开矿,把这条河弄成了什么模样!真是用心险恶又不为他人着想!

今天下午,在紫色和黄色的泥巴中,只有一股像针尖一样细的红色水流,几乎连夕阳都映不进去,河水差不多只载得动玩具小船,别的都不行。真可怜!

以前,葡萄酒商的大船、独桅艇、双桅横帆船和三桅小帆船——野狼号,埃洛伊莎姑娘号;还有我爸爸的圣卡埃塔诺号,这船由可怜的金特罗指挥;还有我叔叔的星星号,由毕贡任船长——各种船儿的桅杆快乐混乱地升向圣胡安市的天空,真热闹——那些船的主桅最让孩子们惊叹!——它们吃水很深,因为船上装载着大批葡萄酒,将驶往马拉加、加迪斯、直布罗陀。在这些大船中间,有小渔船在穿梭,船眼、圣像和漆成绿色、蓝色、白色、黄色和胭脂红的船名,使汹涌翻滚的波浪更加令人眼花缭乱。渔夫们往镇上运着沙丁鱼、大大的牡蛎、鳗鱼、鳎目鱼、螃蟹,里奥廷托的铜矿把它们全染上了毒素。不过银儿,至少穷人们现在能吃到一些残留的贱鱼了,因为有钱人已经不屑于吃它们了。但是,那些三桅小帆船、双桅横帆船和独桅艇都绝迹了。

多么可悲的变化！基督的雕像再也看不见涨潮时涌进来的急流！现在的河道，只剩一条涓滴细流，像一具干瘦、衣衫褴褛的乞丐尸首流出的一丝血水，铁锈般的河水，好似落日下的那艘明星号——遭人遗弃，污黑、腐朽，参差不齐的龙骨已经翻过来了——烧焦的船体轮廓就像死鱼的骨架；边防军的子女们在里边玩耍，仿佛焦虑在我内心翻腾。

79. 石榴

这颗石榴真美,银儿!这是阿格狄利亚在蒙哈斯村的溪水边,从上好的石榴中选出来寄给我的。没有哪种水果能像这石榴一样,让我想起那些灌溉它生长的新鲜清水。你看这颗石榴,果粒充满健康强壮的生命力,似乎马上就要炸了。我们吃了它吧?

苦涩干枯的果皮就像地面下的老树根一样,难以剥开,不过,它的果肉真是美味,银儿!现在,第一阵甜味来自种子——黎明化成的小小红宝石颗粒——紧紧地贴在果皮上。这会儿,银儿,果肉紧实的果心;完好无缺,裹着像面纱一样的薄膜,是一个可食紫水晶的精致宝藏,多汁、坚定,就像某位年轻王后的心。它是多么饱满啊,银儿!来,吃几口吧!真好吃!牙齿咬着无瑕的红色果肉,体会肉里丰沛的愉悦,真带劲!你等会儿,我现在没空说话。味蕾的感受,就像眼睛迷失在万花筒那变化无穷的迷离色彩之中。全吃光啦!

现在我已经没有石榴树了,银儿。你没见过佛洛雷斯街酿酒厂大院子里的那些石榴树。以前,我们下午经常去那儿……从坍塌的泥墙望去,可以看到柯拉尔街那些房屋的院子,每一个院子都很迷人,还有田野、河流。还能听见边防军的号声和西埃拉铁匠铺传来的打铁声。镇上这一带原来不是我的活动范围,是我新发现的,散发着寻常生活的诗意。太阳缓缓落下天际,石榴树有如珍贵的宝藏,燃烧着红光,旁边有一口阴凉的水井,一株爬满了蜥蜴的无花果树正侵蚀着井石。

石榴,摩格儿的特产,镇徽上的骄傲!石榴朝着夕阳的深红绽裂!石榴在蒙哈斯的果园里,在贝拉尔和沙巴里埃戈的峡谷中,在静谧深远的溪谷中,那里的天空有如我思绪中的天空,在黑夜完全降临之前,永远都是玫瑰红。

80. 古堡

今天下午的天空真美啊,银儿,这金属般的秋光,就像一把纯金打造的阔剑!我喜欢上这儿来,因为从这个无人的山坡望去,可以看到日落时的美景,而且这里没人会打扰我们,也没有人会被我们打扰。

在那些葡萄酒窖之间,只有一栋蓝白相间的房子,那脏污的围墙周围长满野生的芥末和荨麻;你可能会觉得这房子没人住。这是科利利亚和她女儿夜间的温馨小窝,那两个苍白和蔼的女人,穿着一成不变的黑衣裳,看上去几乎一模一样。毕尼托就死在旁边的那条水沟里,在那儿躺了两天都没被人发现。炮兵们来的时候,加农炮就安置在这里。你也见过堂伊格纳西奥先生,带着走私的酒,明目张胆地经过这里。此外,还有从安古斯蒂亚斯来的牛,也会走这条路进城;可你就是看不到半个小孩儿。

看,这边是落叶凋零的红色葡萄园,顺着水沟上方的桥拱望去,可以看到远方的砖窑和河流,仿佛远景里的一株紫罗兰。你看,那边是孤寂的盐沼。再看看那落山的夕阳,发出巨大的深红色光芒,好像神灵显现,引得人心醉神迷,沉入韦尔瓦后面的那一线海洋之中。此刻,世界以绝对的安静向太阳致以崇高的敬意——这个世界就是摩格尔的田野,就是你和我,银儿。

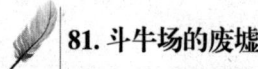
81. 斗牛场的废墟

旧斗牛场又出现在我脑海中,银儿,一闪即逝。有个下午,它被烧掉了……嗯,是被烧掉了,何时烧的我却给忘了。

我也不清楚里面是什么样子……不过,我记得我见到——也许就是马诺利托·佛洛雷斯过去常给我的那些巧克力棒里头的画片?——几只灰色扁鼻的小狗,像是橡皮做的,被一头黑色的公牛挑到了半空中。正圆形的场子与世隔绝,绿草高长……我只知道从外面看是什么样子,我的意思是从上往下望……也就是说,事实上不是从斗牛场的边上看……可是那里没有人……我在松木板的台阶上跑了一圈又一圈,越跑越高,幻想着我真的在一个真正的斗牛场上,就像那些画片里的一样。暮色在雨中渐渐降临,我把那一片深绿色的远景:在暴风雨云的阴影中——我的意思是在寒冷中——地平线上的松林在海面上衬出一线微弱的白光,永久地封存在我的灵魂中。

就是这样。我在那里待了多久?谁带我出来的?是在什么时候?我都不知道,银儿,也没人告诉过我。但是,当我跟他们说起这个场子的时候,他们全都这么回答:

"是的,烧掉的是卡斯提奥斗牛场。那时,摩格尔真的来了很多斗牛士呢。"

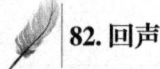 82. 回声

这地方如此孤单,总像随时都会有人走过来似的。猎人们从森林回来,常常绕过这里爬上围墙好看得更远。据说强盗帕拉莱斯在这一带打劫的时候,就在这儿过夜。那块红色的岩石就矗立在朝阳下,傍晚,岩石上不时会出现一些流浪山羊的剪影,影子正对着黄色的月亮。草地上有一个池塘——池水只有在八月才会干涸——支离破碎地映出黄色、绿色和玫瑰色的天光;不过,现在它几乎被孩子们扔的石头填满了,他们不是打青蛙,就是为了溅起一阵"哗啦哗啦"响的水花。

我让银儿停在角豆树旁边那条小路的拐角处,角豆树正好挡着田野的入口,一树干枯的豆荚,看上去黑乎乎的;我用双手在嘴边围成嗽叭状,朝着岩石大喊:"银儿!"

岩石尖锐的回声被附近的池水柔化了一些,回道:"银儿!"

银儿立即转过头去,僵硬地抬高头部,全身颤抖,想要逃走。

"银儿!"我又朝着岩石大喊了一声。

岩石又回了一声,"银儿!"

银儿看了看我,又看了看岩石,翻起嘴唇不断地朝着天空

嘶鸣。岩石也发出了长长的叫声,音色虽不若银儿那般清亮,但是叫法一样,尾音甚至拖得更长。

银儿又叫了一声。

岩石也叫了一声。

于是,银儿粗鲁、顽固地反抗起来,如同暴风雨时阴沉的天气,头扭来扭去,不断变换着方向,想挣开缰绳,想逃跑,想扔下我,直到我柔声细语地哄它,牵着它离开。渐渐地,就只能听到它自己的嘶鸣声了,在仙人掌丛中回荡。

83. 虚惊

孩子们的晚饭时间到了。灯火把玫瑰色的光线懒洋洋地洒在雪白的桌布上。红色的天竺葵和成熟的苹果，给孩子们那纯真无瑕的笑脸增添了耀眼而又多彩的快乐光芒。女孩们像妇人一样优雅地吃饭；男孩们像男人一样交谈。在他们身后，年轻漂亮的金发妈妈正在给小男婴喂奶，一面带着满脸的微笑看着他们。朝花园的窗户外面，清亮的星夜在颤抖，好冷啊！

忽然，布兰卡像一道小小的闪电逃进妈妈的怀里。屋里霎时安静下来，接着是一阵椅子倒地的声音和孩子们爆发的哭喊声，他们全都跟着她跑，恐惧地看着窗外。

是银儿这个小傻瓜！它把白色的大头伸到窗前，在阴影、玻璃窗框还有孩子们的恐惧中，驴头变成了一个庞然大物。它只是安静、忧伤地站着，凝视着这间快乐、明亮的餐厅。

84. 古泉

在常绿的松树林间,泉水永远洁白;在玫瑰色或是蓝色的黎明中,泉水永远洁白;在金色或淡紫色的黄昏里,泉水永远洁白;在墨绿色和浅蓝色的黑夜,泉水永远洁白;银儿,多少次你看到我在泉边流连,古泉宛如楔石或坟墓,储藏了世上所有的挽歌,那全是真实生活的感受。

我在泉水中见过万神殿,金字塔和世上所有的教堂。喷泉、陵墓、柱廊每每以长盛不衰的美令我辗转反侧、无法入睡。在断断续续的睡眠中,古泉的影像时虚时实、交迭更替。

于我,古泉是一切的起点和归宿。它与周围的环境有如一体;简单中蕴藏着和谐,好似永恒;颜色与光线全由它主宰,在泉水中,你似乎可以一手就握住生命的所有宝藏。鲍克林[1]的希腊风光画上有它;路易斯修士[2]的翻译中有它;贝多芬用快乐的泪水灌注它,米开朗琪罗则把它传给了罗丹。

它是摇篮与婚礼;是歌谣与十四行诗;是真实;是欢乐;

---

[1] 阿诺尔德·鲍克林(1827~1901年):瑞士风景画家。
[2] 路易斯修士(1527~1591年):西班牙作家,神学家,《圣经》的西班牙文译者。

也是死亡。

　　银儿,今晚死亡也光顾了这里,在柔软、黑暗的喃喃绿意中,泉水好像大理石凝成的血肉;死亡仿佛也进入了我的灵魂,从中不断汲取永生的流水。

85. 松子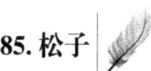

卖松子的小女孩在阳光下沿着新街走来。她卖的松子有新鲜的,也有烤熟了的。我打算到她那里给我们俩买一块钱的烤松子,银儿。

在这蔚蓝金黄的日子里,十一月把夏天叠加在冬天之上。太阳在燃烧,静脉像水蛭一样胀得又圆又蓝。安静、整洁的白色街道上,肩上背着灰色包袱的拉曼却卖布郎沿街走过;还有从卢塞纳来的铜匠,好像满载着黄色的光,他的铜器在袋子里发出"叮叮当当"的声响,每一声叮当都闪着阳光。这个阿雷纳来的小女孩几乎被双柄篮子压弯了腰,她紧紧地挨着墙走,一边用木炭在白石灰墙上慢慢画出长长的线,一边拖长了声音、哀怨地喊着:"烤——松——子哟!"

恋人们坐在门口一起吃松子,带着闪亮的笑容帮对方挑出最好的果仁。上学的孩子们一路上停在各式门阶上,用石头敲松子。我记得小时候,冬天下午我们经常跑到位于阿罗约镇,马里亚诺的橘园。我们会装一手帕的烤松子去,我最大的乐趣就是负责带那把剥松子的小刀。这把小刀有一个珍珠母做的刀柄,雕成了鱼的形状,上面有两只小小的红宝石眼睛,从那里面可以看到埃菲尔铁塔。

烤松子在嘴里留下了多么美妙的滋味呀,银儿!它们带来了激情和乐观!在寒冷冬天的阳光里,有了松子你就有了安全感,你仿佛变成了不朽的纪念碑;你雄赳赳气昂昂地走着,感觉不到冬天衣服的分量;几乎可以和莱昂或是马车夫曼基托比力气呢,银儿!

86. 十一月的牧歌

暮色中,银儿从乡间回来,背上蓬松地驮着一大捆烧炉子用的松树枝,在一片摇晃的绿色之下,它的身体似乎就要消失不见。它的步子短小、优雅、顽皮。看上去好像没有移动。它竖着耳朵,人们还以为这是一只驮着房子的蜗牛呢。

这些绿色的树枝在活着的时候,曾有阳光、山雀、风、月光、乌鸦栖息在它身上——没错,银儿,想到乌鸦会觉得很恐怖,但是它们也在树枝上停留过呀;可是现在,这可怜的树枝却在黄昏时分,倒拖在干燥小路上的白色尘埃里。

一股清冷的淡紫色甜味笼罩着大地。十二月就要来到田野上,满驮着一切的驴子柔顺而谦卑,身影已经开始变得神圣。

87. 白母马

银儿,我是悲伤地走回家的。事情的经过是这样:我经过佛洛雷斯街,走到鲍尔塔达的时候,就是那个双生兄弟被闪电打死的地方,梭多的白母马躺在地上死了。几个衣不蔽体的小孩沉默地围在那里。

路过那儿的女裁缝布丽达告诉我,梭多已经喂够了这匹母马,很烦它,于是今天早上就把它带到废马屠宰场。你知道可怜的马就和胡里安先生一样又老又蠢。它既看不见也听不清,几乎连路都走不动。快到正午的时候,母马又出现在主人房子的大门口。他火起来了,抓起一根藤棍打它,想把它赶走。它不走。接着,他又拿起一把镰刀打它。人们纷纷围拢来,在一片咒骂和哄笑声中,母马走上街道,一路蹒跚跛行。孩子们跟在它后面,朝它大声叫骂,扔石头。最后,它倒在地上,他们便就地把它杀了。也有一些人怀着同情说:"让它安息吧!"类似的话在它上空回荡,仿佛你和我也在那里,银儿。然而,那不过是一只在强烈海风中挣扎的蝴蝶罢了。

我看到它的时候,那些石头还在它身边,它却已经跟石头一样冰冷。它有一只眼睛睁得大大的。它活着的时候就看不见，现在死了，却仿佛能看见了一样。它的眼白是黑色街道上仅余的光芒，它的上面是夜晚的天空，在寒冷中显得更加高远，满布着轻如羊毛的粉红色云彩。

88. 闹洞房

他们真是精于此道,银儿。卡米拉太太穿着玫瑰红和白色的衣服,拿着标语牌和教鞭,一边走一边给一只小猪上课。萨塔纳斯一只手举着一个空空的葡萄酒囊,另一只手伸进她的口袋掏零钱包。我想这几个肖像是"小公鸡"贝贝和"小丫头"孔查做的,为此他们还从我们家借了一些旧衣服。走在前面的是佩比托·雷特拉塔,他穿着神父的衣服骑着黑驴,手里拿着一面旗帜。他们身后跟着的小孩全都来自恩美迪奥大街、富恩特街、车厂、小广场和彼德罗·特利奥大叔住着的那条巷子,一路敲打着锡罐、牛铃、水壶、研钵、锅和盘子,节奏和谐,在洒满月光的街道上行进。

你知道的,卡米拉太太已经六十岁了,曾三次守寡,萨塔纳斯是一个鳏夫,虽然只结过一次婚,年纪可不小,已经喝了七十个葡萄收获季节的新酿了。今晚,你们真应该到他那关门闭户的家中,听听看看他和他新婚妻子的糗事,大家已经把这些事儿做成肖像、编成故事了。

银儿,洞房要闹上三天。然后,左邻右舍的太太们会到小广场的祭坛那里取回她们自己的东西,祭坛上有点亮的神像,前面有醉汉在那里跳舞。孩子们的吵闹还会持续几个晚上。最后剩下的只有一轮满月和这个故事……

89. 吉普赛人

你瞧,银儿。她沿着街道走下来,在紫铜色的阳光中身子挺得笔直,目不斜视。她虽然美貌不再,但还是像橡树一样优雅,冬天时,她会在腰上系一块黄手帕,裙子上蓝色的荷叶边点缀着小白点。她是要去往市政厅申请许可证,以便和以前一样在墓地后面扎营。你还记得吗,吉普赛人那些令人作呕的帐篷:有篝火,花里胡哨的女人,还有奄奄一息的驴子,在啃食死亡本身,到处都是。

驴子,银儿!弗里塞塔的驴子现在肯定在颤抖,因为它们在低矮的畜栏里感觉到吉普赛人走近了。(我并不担心银儿,因为吉普赛人要到它的厩栏,必须得跳过半个小镇。再说门卫伦赫尔喜欢我也喜欢它。)不过,可以把这事当作一个笑话吓唬吓唬银儿,我用一种空洞、恐怖的声音对它说:

"进去,银儿,进去!我要把朝街的那扇门关上,因为他们就要来抓你啦!"

银儿,百分之百地肯定吉普赛人不会来偷它,它小跑着跳过门槛,门发出了一阵铁和玻璃相碰撞的尖锐声音,在它身后"砰"的一声关上了,它一路跳着、嬉闹着从大理石的院子来到花园,最后窜进厩栏。这个小笨蛋,它的动作像箭一样迅疾,才跑了这么几步路,就踩断了蓝色的牵牛花。

 ## 90. 火焰

靠近一点,银儿。来吧。在这里不用讲什么礼节。看门人很高兴你挨着他,因为他也是你的朋友。你知道他的小狗阿里也爱你。至于我对你的感情就更不用说了,银儿!橘树林里肯定很冷!光听拉波索的话就知道了:"上帝保佑,但愿今晚不会冻坏太多橘子!"

你不喜欢火吗,银儿?我觉得任何裸体女人都不能和火相媲美。哪种如云秀发、哪种玉臂、哪种美腿,能比得上赤裸裸的火焰?大自然或许没有比火更好的献礼了。关上房子,把夜晚和孤独留在外面;然而,在这个开向火成岩洞穴的窗口前,我们比田野本身更亲近大自然,银儿。火就是我们房子里的宇宙。这不停从伤口中涌出的红色血液,它温暖我们,赐予我们力量,唤醒所有尘封的记忆。

火真美,银儿!你看阿里靠得有多近,几乎都快把自己烧着了,睁着活泼的大眼睛注视着火苗。真开心!我们全都被舞动的黄金和舞动的黑影包围。整栋房子都在跳舞,一会儿变小,一会儿变大,动作灵巧,好似哥萨克人。从火中可以生出各种图案,每一种都有无穷的魅力:树枝和小鸟,狮子与水,

大山与玫瑰。你瞧,我们自己也不知不觉地舞动起来了,在墙上,在地板上,在天花板上。

多么疯狂!多么陶醉!多么幸福!银儿,在这里,甚至爱本身就像死亡。

 **91. 老驴子**

最后，它走得那么疲惫，

每一步都偏离了正确的方向。

（维勒斯市长的灰马）

————民谣

我不知道该怎么从这里走开，银儿。是谁把它丢在这里的，这个可怜的家伙，怎么没人来牵它或是帮助它？

它肯定是从墓地那儿走出来的。我认为它既听不见也看不见我们。今天早晨，在白云下，你就在同一堵围墙边见到了它。它那悲伤、枯萎、哀痛的身躯，被成堆飞舞着的苍蝇包围，被灿烂的阳光暴晒，和这冬日精彩的美景极不相称。它四条腿都瘸了，完全摸不着方向，在地上慢慢地转身、扭动，又回到原来的位置。它只是改变方向而已。今天早晨，它面朝西边，现在，它面朝东边。

老了真是一无是处啊，银儿！那位可怜的朋友已是自由身却还是留在原地，哪怕春天向它走来也是枉然。难道它像贝克尔^①一样,就算死了,也还是继续站着?孩子们可以画下它的轮廓,因为它衬着傍晚的天空,一动不动。

现在你看。我推它,它不动。我喊,它也听不见。就好像弥留之际的挣扎已经扎根在地底下。

银儿,北风在这高地上肆虐,今晚它会冻死的。我不知道该怎么从这里走开;我不知道该怎么办,银儿。

---

1 古斯塔伏·阿多尔弗·贝克尔(1836~1870年):西班牙诗人。

92. 养病

养病的房间，用地毯和织锦布置得软绵绵的，从房内那微弱的黄色光线中，我听见了夜晚街道的声响：行动敏捷的驴子从田野里跑回来的声音，以及孩子们的嬉闹声和叫嚷声，就像梦见星星在露水中融化。

你可以想象驴子那巨大的黑色头颅和孩子们小巧的精致头颅，在驴子的嘶鸣中，孩子们用如水晶、白银般纯净的嗓音唱着圣诞颂歌。小镇好似包裹在烤板栗的浓烟，厩栏的水蒸气和宁静的壁炉冒出来的轻烟中。

我的灵魂在这股纯净的力量中满溢出来，就好像来自天河的溪水从我心底阴暗的悬崖下涌出来。救赎的黄昏！这亲密的时辰，既寒冷又暖和，充满无尽的光芒！

外面的钟声从遥远的地方传来，在繁星之间回响。银儿也从厩栏里发出嘶鸣声，加入这声响，感觉好遥远。我在病中，泪流满面，像浮士德一样感动、孤独。

93. 黎明

冬天的早晨姗姗来迟，机警的雄鸡看到黎明的第一丛玫瑰，便向它们致以殷勤的问候，银儿也睡饱了，发出长长的嘶鸣。淡蓝色的天光从我卧室墙壁的缝隙中透进来，远处银儿的苏醒是多么甜蜜啊！我在柔软的床上，也渴望着白昼，思念着太阳。

我在想，可怜的银儿如果不是落在我这个诗人的手里，而是落在木炭工人手里，天还没亮就要踏上霜冻、冷僻的小路去树林里偷松枝；或者落在悲惨的吉普赛人手中，身上涂着各种颜色，喂的是砒霜，还把针放进耳朵里以防止它们下垂；那么，银儿的命运将会是怎样？

银儿又叫了。它知道我正在想它吗？它知不知道它对我来说多重要。在柔和的晨光里，想它就和这黎明一样令我快乐。感谢上帝，它的厩栏和婴儿床一样又暖和又柔软，就像我对它的思念一样温馨。

 94. 河口

我就是在这栋大房子里出生的,银儿,现在它成了民防军的营房。我小的时候是多么喜欢这栋房子啊!这座简陋的阳台按照加菲亚教授构想的摩尔风格建造,点缀着彩色的玻璃星星,当时在我眼中真是富丽堂皇!透过铁栅门望去,银儿,你可以看到白色和淡紫色的丁香花、蓝色的风铃花仍旧装点着院子,风铃花悬挂在天井后面因年深日久而变黑的木制格栅上。这些都是我幼年时的欢乐。

下午,银儿,那些水手会来到这里,站在弗洛雷斯街的拐角上,他们的制服由深浅不同的蓝色补丁缝制而成,好像十月的田野。在我的记忆中,他们是巨人,双腿张得很开,船员都是这样;我可以在两腿间看见下边的河流,以及河流中像布带子一样平行的水流和沙地,水流明亮,沙地干燥、枯黄。这条河有迷人的支流,有船只在上面缓缓航行;日落时的天空溅满激烈的红。后来,父亲把家搬到了新街,是因为总是有手上拿着刀的水手在游荡;因为每一个晚上小孩都会打坏门铃和门口的灯笼;也因为街角那里风总是很大。

从封闭式的阳台里面可以看到海。我永远都忘不了那个晚

上，大人们把我们这些又颤抖又焦急的孩子都抱上楼，看沙洲上那条燃烧着的英国船。

95. 圣诞节

田野里的一堆篝火！……那是圣诞节前一天的下午，微弱、暗淡的太阳，只用最细微的光线，照射阴冷、无云的天空，往常蔚蓝的天空，现在变成一片死灰。突然，传来了一阵刺耳的"噼啪"声，那是绿色树枝开始燃烧的声音；接着升起一阵如貂皮一样雪白的浓烟；最后，火焰驱散了烟雾，大片跳跃的火舌布满了天空。

啊，风中的火焰！玫瑰色、黄色、淡紫色和蓝色的精灵钻进低矮、隐藏的天际，消失无踪，谁也不知道它们上哪儿去了；冷冽的空气中弥漫着煤炭燃烧的味道！哦，十二月的田野现在暖和了！可爱的冬天！属于快乐家庭的圣诞夜！

邻近的岩蔷薇慢慢枯萎。透过温暖的空气望去，田野颤抖起来，有如流动的水晶一样纯净。那些可怜、悲哀的看门人子女，没有耶稣诞生的场景可看，围着火堆烤冻得麻木的小手，把板栗和橡子扔在煤堆上，它们会"啪"地爆出一声响。然后，他们开心起来，跳过火堆，火堆在黑暗中变得愈加红艳，孩子们唱着：

前进，玛丽

前进，约瑟夫……

我把银儿带来了，这样他们可以跟它玩。

96. 冬天

上帝正在它的水晶宫里。我的意思是,天正在下雨,银儿。下雨。秋天残留下来的最后几朵花,还顽强地抓着枯枝不放,花朵上挂满钻石。每一颗钻石中都有一整片天空、一座水晶宫、一位神。你看这朵玫瑰,里面还蕴藏着另一朵水玫瑰;你摇动它——看到了吗?从花瓣上落下一朵闪光的花儿,仿佛它的灵魂,也像我的灵魂,只余倦怠、悲伤。

水就像阳光一样,能给人们带来快乐。如果你不信,只要看看那些充满活力、面色红润的孩子,在雨中光着脚奔跑,有多么快活。看看那些麻雀,一大群忽然闹哄哄地飞进了常春藤,好像要去上学一样,这是你的医生达尔朋说的,银儿。

雨正在下。我们今天不能到田野上去。这是一个沉思的日子。看看那些水是怎样沿着屋檐下的排水沟奔流,看看绿色的树叶是怎样被雨水冲刷。看看孩子们的小船,昨天还卡在草丛中,现在又是怎样沿着水沟航行。快看,在微弱的太阳光线中,彩虹真美啊,它从教堂那边升起,到我们这边褪成了一道模糊的虹影。

97. 纯洁的夜

快活的蓝天,繁星璀璨,寒气逼人,雉堞状的白色屋顶映衬着天空,看起来格外显眼。无声的北风以凛冽的纯洁,轻快地爱抚着大地。镇上的人都觉得今天格外寒冷,全躲在关着门的房子里。银儿,我们慢些走,你穿着你的毛皮和我的斗篷,我带着我的灵魂,穿过干净、孤单的小镇。

一种内在的力量使我升华,仿佛变成一座粗石砌成的石塔,白银做成的塔尖直刺天空!你看,那么多的星星!多得让我头晕目眩。还以为天空正对着大地朗诵闪光的玫瑰经,歌颂理想的爱情。

银儿!银儿!我愿意献出我的整个生命,也希望你愿意献出你的,以换取一月这崇高夜晚的纯洁——孤独、明亮、清爽。

 **98. 香芹王冠**

"我们看看谁第一个到那里!"

奖品是一本图画书,从维也纳寄来,是我昨晚收到的。

"我们看看谁第一个到紫罗兰那里!一、二、三……"

在一阵快活的叫喊声中,白里透红的女孩们在黄色的阳光下跑了起来。一时间,在一片寂静中,你可以听见她们喘息的胸膛在晨光中暗自使劲的声音;镇上的钟在钟楼里缓慢地报时;长满蓝色鸢尾花和松树的小山上,有一只蚊子在"嗡嗡嗡"地叫;水流在小溪中奔流。女孩们跑到第一棵橘子树下,银儿正好在那里晃荡,它也被这游戏的情绪感染了,加入了她们活力四射的比赛。为了不落下,她们不能抗议,甚至都不敢笑。

我朝着他们吼:"哎呀!银儿要赢了!银儿要赢了!"

是的,银儿赶在所有人之前跑到了紫罗兰丛,它留在那儿,在沙地里打滚。

女孩们走回来了,大声抗议、气喘吁吁,一面穿她们的长袜子,一面整理头发:"那不算!那不算!哎!不算!不算!不算!"

我告诉她们银儿赢得了比赛，以示公平，应该要想办法奖励它。好吧，银儿不会看书，书就留做下次比赛的奖品；但是我们必须得给银儿一个奖励。

　　书保住了，女孩们红着脸，跳起来大笑着："好！好！好！"

　　接着，我想到自己，我觉得银儿在自己的努力里已经得到了最伟大的奖赏，就像我在写诗里得到的一样。我从看门人小屋旁的盒子里采了一把香芹，做了一顶王冠——当作短暂而又至高无上的荣耀——戴在它头上，仿佛它是斯巴达人竞赛中的冠军。

99. 三王来朝①

今晚，孩子们是多么兴高采烈呀，银儿！我们都没法让他们上床睡觉。最后，还是睡意慢慢地征服了他们，一个倒在安乐椅里，另一个靠着火炉躺在地板上；布兰卡坐在低背椅上；佩佩躺在靠窗的座位上，头倚靠着门上的钉头饰，这样三王经过时就不会错过。此刻，就在此地的中心，生动、魔法般的睡眠远离人世的纷纷扰扰，好像一颗饱满、成熟的心脏在跳动。

晚餐前，我和所有的孩子们一起上楼。楼梯上好一番热闹，孩子们完全不像别的夜晚那样惧怕这里！

"天窗才不会吓到我呢，贝贝，它吓到你了？"布兰卡紧紧地拽着我的手说。我们把每个小孩的鞋子放在阳台上的香橼中间。银儿，现在蒙特马约、蒂塔、马利亚·特雷莎、洛利利亚、佩里科，还有你和我都拿着床单、床罩、旧帽子化装去。午夜十二点，我们的化装行列要提着灯笼经过孩子们的窗下，敲着铜锣，吹着号角和海螺壳，就是放在楼上最远房间里的那只海螺壳。你和我要走在前面，我会扮成加斯帕尔，带上亚麻

---

① 基督教传说，耶稣于十二月二十五日夜诞生，一月六日有东方三王来朝拜。当夜送给孩子的礼物，都放在鞋里。

做的白色胡须；你身上要披着哥伦比亚的国旗，那是我从我做领事的叔叔家里带回来的。孩子们忽然醒来了，他们惊讶的眼睛仍然带着浓浓的睡意，颤抖着、惊叹着、穿着睡衣透过窗框偷看外面。随后，我们会在他们的睡梦中继续游行到天亮。明天，当日头爬高，蓝色的天空透过百叶窗使得他们眼花缭乱，他们会衣衫不整地跑到阳台上去，成为所有宝藏的主人。

去年，我们肚子都笑痛了。你看，今晚我们又可以好好乐一乐了，银儿，我的小骆驼！

100. 酒

我曾对你说过,银儿,摩格尔的灵魂是面包。不对。摩格尔像一只厚重、透明的水晶酒杯,全年都在圆圆的蓝色苍穹下等待金色的酒液。到了九月,如果魔鬼撒旦没有在庆典里掺水,那么杯子里总会注上美酒,几乎要满溢出来,就像一颗慷慨的心。

到那时,整个镇上都弥漫着各种等级的酒香,四处都会传来玻璃杯叮当的碰撞声。太阳为了活跃这欢乐的气氛,也把自己无偿献给了这种美丽的液体;在洁净围墙包围着的白色小镇,在它奔流的血液之间,融入这一片透明的欢乐。当夕阳抚摸小镇,每一条街上的每一栋房子,就像胡安尼托·米格尔,或艾尔·里斯达架上的酒瓶。

我想起透纳[①]的"慵懒之泉",柠檬黄的泉水好像全是用新酿的葡萄酒画成。摩格尔就是这样的酒泉,像血一样,源源不断地涌向每一个伤口;悲喜交融的泉水,有如每年春天四月的太阳,每天都会升起,但是每天都会落下山头。

---

① 约瑟夫·透纳(1775~1851年):英国风景画家。

101. 嘉年华会

银儿今天看上去真帅！今天是嘉年华的星期一，化好装的孩子们都戴上了摩尔风格的饰品，上面绣满红色、蓝色、白色和黄色的阿拉伯花纹。

雨水、阳光、寒意。人行道上的彩纸被下午刺骨的寒风吹成了无数条平行线。颤抖的假面人，手冻得发紫，随便拿一件东西做成口袋藏手。

当我们走到广场的时候，一群装扮成疯子的女人，穿着白色的长衬衫，如云的黑色秀发间戴着绿叶做成的花冠；把银儿拉入了狂欢的圆圈中央，围着它快乐地旋转。

银儿满脸困惑地竖起了耳朵，抬起头，就像一只被火包围的蝎子，慌慌张张地四处试探，想要逃出去。但是它太小了，疯女们一点都不怕它，继续围着它转着、唱着、笑着。孩子们看到它被掳获，就学驴叫逗它嘶鸣。现在，整个广场变成了一场粗鲁无礼的音乐会，有铜管乐器、嘶鸣、笑声、歌声、手鼓声和小铜钵。

最后，银儿终于像个男子汉那样下定了决心，冲破包围圈。一路叫喊着、小跑着奔向我，华丽的行头都乱了。它和我一样不想和嘉年华会有任何牵连。我们生来就不适合干这种事。

102. 卖沙人的驴子

银儿,你看克玛多的那些驴子:动作迟缓、饱受压迫,驮着一袋袋红色的湿沙,上面插着用来鞭打它们自己的野生橄榄枝,就像插在它们的心上……

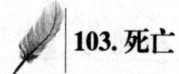 ## 103. 死亡

我发现银儿瘫在草床上,眼神柔顺而悲伤。我走到它身边,轻轻地拍它,跟它说话,想要扶它站起来。

可怜的驴子忽然一阵抽筋,把一条腿跪在了地上。它站不起来。于是,我把它的前腿伸直平放在地上,再一次温柔地拍着它,同时请人去叫医生。一看到它,老达尔朋就紧紧抿着那没牙的大嘴,嘴角一直拉到了颈背,在胸前来回摇晃那充血的头颅,像个钟摆。

"情况不妙,对吗?"

我不知道他是怎么回答的……可怜的家伙就快死了……而我什么都做不了……那样一种痛……就像某种有毒的树根……草里面的土。

近晌午的时候,银儿死了。它那小小的棉花般的肚子胀得像一个圆球,变色的四肢僵硬地伸向空中。卷曲的毛发像破旧娃娃被虫蛀坏的亚麻假发,用手一碰就落下一阵悲伤的尘埃。

在静谧的厩栏里,有一只美丽的三色蝴蝶在飞舞,每次飞过小窗透进来的阳光,翼上的三种颜色就会为之一亮。

104. 怀念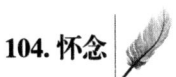

银儿,你能看见我们,对吗?

你一定看到了果园中那清冷的井水是怎样在平静中欢笑;看到了勤劳的蜜蜂是怎样"嗡嗡嗡"地在迷迭香花丛中纷飞,原本翠绿、淡紫的花丛,在山头夕阳的余晖中,变成金黄和玫瑰红。

银儿,你能看见我们,对吗?

你一定看到了洗衣妇那些悲伤、跛足、疲倦的小驴子,正朝着红土坡爬去,走向古泉,走在无垠的纯净中,把天地联结成一片简单、透明的灿烂美景。

银儿,你能看见我们,对吗?

你真的看见孩子们在岩蔷薇花丛中奔窜了吗?花朵栖息在自己的枝头,仿佛一群轻盈颤抖的白蝴蝶,翅膀上洒满了红斑。

银儿,你能看见我们,对吗?

你真的看见我们了吗?是的,你看见我了。在无云的夕阳中,我听到你温柔、寂寞的嘶鸣声,使整个遍布葡萄园的山谷都变得温柔起来……

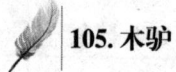 ## 105. 木驴

我把可怜的银儿的马鞍、马嚼子、缰绳套在小木驴上,把它们全都搬到阁楼的角落里,那里还放着孩子们的婴儿床,已被大家遗忘。阁楼宽敞、安静、洒满阳光。从那里可以看到摩格尔周围的整片田野;左边有红色的磨坊;正前方是蒙特马约山,山上有被松林掩藏的小白屋;教堂后面隐藏着毕尼亚的果园;西边是海洋,夏季的潮水高涨,闪闪发光。假期的时候,孩子们会跑到阁楼里玩耍。他们用无数把破椅子摆成一长条,当作马车;把报纸刷红,当作剧院、教堂和学校……

有时,他们会爬上没有生命的木驴,急躁不安地拍手蹬腿,疾驰在他们梦想的草原上:

"快跑,银儿,快跑!"

106. 忧郁

今天下午,我与孩子们一起去松子园里看银儿的墓,墓地就在那棵圆形松树阴凉的树冠下。四月在周围潮湿的土地上缀满了巨大的黄色鸢尾花。

染成天蓝色的绿色树顶上,小山雀正在歌唱,细细的颤音快乐地耍着花腔,歌声飘荡在温暖午后的金色空气中,好像绽放新恋情时那清新的梦。

随着我们走近,孩子们渐渐停止了叫喊。现在,他们安静、严肃,用闪闪发亮的眼睛望着我的眼睛,充满了焦虑的疑问。

"银儿,我的朋友,"我对泥土说,"如果你此刻正在天堂的田野里,我觉得你一定在,软绵绵、毛茸茸的背上驮着小天使,我想知道你是不是已经忘了我。告诉我,银儿,你还记得我吗?"

好像是为了回答我的问题,一只我从不曾见过的精致白蝶在鸢尾花丛中不断地飞舞,像是一个灵魂。

107. 给在摩格尔天上的银儿

温柔、活泼的银儿,我亲爱的小毛驴,多少次你驮着我的灵魂——只有我的灵魂!——沿着长满仙人掌、锦葵、忍冬的幽深小径行走:这本书全都是关于你,既然你能读懂了,我要把它献给你。

此刻你的灵魂正在天堂吃草,摩格尔秀美山川的灵魂必然也会跟着你的灵魂升向天堂,此书也会被带到你那儿。书的纸背上载着我的灵魂,穿过荆棘花丛飞升上天,日复一日,变得更仁慈、更祥和、更纯净。

是的。当我一个人在日落时缓慢、沉思地穿过金莺群和橘花丛,走过那棵孤单的橘树来到伴你长眠的松树下,我知道,银儿——快乐地漫步在永远盛开着玫瑰的草地上——你会看到我驻足在那株从你破碎心灵中长出的黄色鸢尾花前。